Halt!

Bevor du weiterliest,
solltest du dir die Seite 2
im eingelegten Begleitheft
(Codex) anschauen!

Anna Maybach
mit Rätseln von Inka und Markus Brand

EXIT DAS BUCH

Die verborgene Stadt

KOSMOS

Umschlaggestaltung: Weiß-Freiburg GmbH – Grafik und Buchgestaltung unter Verwendung einer Illustration von Silvia Christoph

Illustrationen im Buch und Begleitheft sowie auf der Umschlaginnenseite von Burkhard Schulz, Düsseldorf

Bildnachweis: Seitenhintergrund Buch S. 1–169 © ccvision.de, S. 37 (Pergament) © fotolia.com; S. 93 (Säule) © stock.adobe.com;
Seitenhintergrund Codex S. 2–3 © fotolia.com; Seitenhintergrund Codex S. 4–15 © textures.com, Regenplane Codex S. 5–6 © stock.adobe.com, Jaguarkopf Codex S. 6 © stock.adobe.com;
Autorenfoto Anna Maybach S. 169 © Johanna Pohl, Autorenfoto Inka und Markus Brand S. 169 © privat; alle übrigen © weiss-freiburg

Die verborgene Stadt ist eine fiktive Geschichte. Figuren, Handlung und Ort sind in der geschilderten Form frei erfunden. Ähnlichkeiten mit lebenden Personen, realen Ereignissen oder Orten sind rein zufällig.
Dass die spanischen Passagen korrekt formuliert sind, ist Lisa und ihren Sprachkenntnissen zu verdanken.

FSC
www.fsc.org
MIX
Papier aus verantwortungsvollen Quellen
FSC® C084279

Gedruckt auf chlorfrei gebleichtem Papier

ISBN 978-3-440-16255-2

Redaktion: Juliane Voorgang
Lektorat: Claudia Müller
Produktion: Verena Schmynec
Innenlayout, Satz und Grafik: Weiß-Freiburg GmbH – Grafik und Buchgestaltung
Druck und Bindung: Print Consult GmbH, München
Printed in Slovakia / Imprimé en Slovaquie

+-+-Prolog-+-+

„Nicht … langsamer … werden!“ Ben brachte kaum noch ein Wort herraus.

Mein Herz schlug mir gegen die Rippen, und jede Muskelfaser in meinem Körper brannte, aber ich zwang mich, weiterzulaufen. Unsere Schritte hämmerten über den Boden und hallten von den meterdicken, jahrtausendealten Wänden wider. Der Gang machte einen Knick. Vor uns lagen mehrere Abzweigungen. Verdammt!

„Der linke Gang! Der mit dem Schlangenmaul!“

Im schwachen Dämmerlicht war das verwitterte Relief auf dem hellen Stein des Türsturzes kaum zu erkennen, ich sah die Linien und Ornamente, die Ben meinte, erst, als er seine Hand zwischen meine Schulterblätter legte und mich in die richtige Richtung schob. Mina hastete an mir vorbei und zog mich mit. Die Anstrengung, über den unebenen, immer stärker ansteigenden Boden zu laufen, war ihr genauso anzusehen wie Ben und mir, trotzdem schaffte sie es, das Tempo zu halten.

Geröll knirschte unter unseren Füßen, ich stolperte und fragte mich, wie lange wir das noch durchstehen würden. Unter uns Tonnen aus Stein, über uns Tonnen aus Stein. Wenn wir Pech hatten, würden wir ewig weiterlaufen, ohne je einen Ausgang zu finden.

Das Blut rauschte in meinen Ohren, helle Flecken flimmerten vor meinen Augen und verschmolzen zu einem Rechteck. Kam das vom Sauerstoffmangel oder war da tatsächlich Licht am Ende des Tunnels?

Das Rechteck wurde größer und größer, schwülwarme Luft füllte meine Lungen.

„Wir … haben … es … gleich … geschafft!" Bens Atem ging stoßweise, trotzdem klang das zuversichtlich.

Ich hoffte nur, er hatte recht und wir kamen tatsächlich hier raus.

Noch zehn Meter. Noch fünf. Noch … Mina blieb so plötzlich stehen, dass ich fast auf sie draufgelaufen wäre.

Mit einem Ruck, der durch meinen ganzen Körper ging, bremste ich ab. Das einfallende Licht der Abendsonne blendete mich, die Hitze schlug mir ins Gesicht, und das Sirren zigtausender Insekten schrillte in meinen Ohren. Gegen die dämmrige Kühle im Innern war die Wärme draußen wie ein schweres, nasses Tuch, das sich auf uns legte. Langsam gewöhnten sich meine Augen an die Helligkeit. Wir standen in zwanzig, dreißig Meter Höhe auf einem kleinen, steinernen Vorsprung, der im Nichts endete. Ich machte sofort einen Schritt zurück, um den massiven Stein hinter mir zu spüren.

Die Seitenwände der Mayaruine fielen schräg nach unten ab. Vor uns das fleischige Blattgrün der Urwaldbäume.

Äste wippten träge, als sich ein paar Brüllaffen weiter ins Di-

ckicht des Dschungels zurückzogen. Äste, die viel zu weit weg waren, als dass wir sie hätten erreichen können.
„Wir müssen umkehren. Bevor sie uns finden!“ Mina drängte mich hastig zurück, doch Ben legte den Arm vor die Öffnung.
„Nein.“
Der Ton war scharf, obwohl beide flüsterten.
„Aber sie holen auf! So haben wir keine Chance!“
„*Das hier* ist unsere *einzige* Chance! Wir müssen so lange durchhalten, bis die Sonne hinter den Tempel sinkt. Wenn ich richtigliege, zeigt uns das den Weg.“
„Und wenn nicht?!“
Ben musste Minas Frage nicht beantworten, es war auch so klar: Sie würden uns kriegen. Und dann war alles aus.
Mina sah Ben an, wie nur Mina einen ansehen konnte. Eine schnelle Drehung und sie tauchte unter seinem Arm durch.
„Mina! Warte!“ Ich streckte die Hand nach ihr aus und auch Ben griff nach ihr.
Mina hielt mitten in der Bewegung inne. Allerdings nicht unseretwegen. Sondern wegen der Schritte und Stimmen, die noch weit entfernt klangen, sich aber eindeutig näherten.
„¡Pucha! ¿Dónde están?“
Wir schauten uns an.
„Sie kommen!“ Meine Stimme war nur ein heiseres Krächzen.
„Was jetzt?“
Ben wies stumm auf die Steinplatte zu unseren Füßen. Ein Re-

lief zeigte die aufgerissenen Kiefer einer Schlange, zwischen denen eine Figur zu erahnen war. Dann deutete er zum Sockel der Pyramide. An beiden Kanten schimmerten weiß zwei Steine, deren Form vage an Schlangenköpfe erinnerten. „Du weißt doch, den Mythen nach ist die Schlange eine Verbindung zwischen den Welten. Deswegen die zwei Köpfe!“
Ja, das wusste ich, er hatte es uns mehr als einmal erzählt. Was ich nicht wusste, war, wie uns das weiterhelfen sollte.
In diesem Moment wanderte die Sonne hinter die Ruine. Zwei wellenförmige Pfeiler tauchten die Kanten der steil abfallenden Wand in Schatten. Nur ein, zwei höher stehende Steine glänzten auf beiden Seiten hell in den letzten Strahlen. Dann noch einer und noch einer. In regelmäßigen Abständen führten sie in das dichte Blätterdach. Waren das ... Stufen?!
„Nur eine der Treppen führt sicher zum Boden“, murmelte Ben vor sich hin. „Die andere direkt in die Unterwelt ... “
„Beeil dich!“ Mina, die in der Türöffnung stand und angestrengt in den Gang lauschte, aus dem wir gekommen waren, wandte sich zu uns um. „Sie sind fast da. Wenn sie uns sehen, bevor wir unten ankommen, sind wir geliefert.“
Ben nickte, ohne aufzuschauen. Ich konnte fast hören, wie die Gedanken in seinem Kopf hin und her rasten.
Die Sonne sank langsam tiefer, auf den obersten Steinen lag nur noch ein schmaler Streifen Licht. In ein paar Sekunden würden die ersten Stufen nicht mehr zu erkennen sein.

„Okay, die Zähne zeigen in die eine, die Köpfe in die andere Richtung …“ Ben strich sich angespannt über die Schläfen. „Aber die Hände … Moment … Klar, das muss es sein! Los!“ Bevor ich richtig kapierte, was geschah, gab Ben mir einen Stoß. Einen aussetzenden Atemzug lang hing ich über dem Nichts und hoffte nur, dass mein Schritt groß genug war und ich nicht in die Tiefe stürzte.

Findest du wie Ben heraus, welcher Weg der richtige ist? Wenn ja, erfährst du, wie alles begann.
Du musst dich beeilen – die ZEIT läuft!

Wir ließen unsere Rucksäcke auf die Veranda des Haupthauses fallen, das wie die kleinen Hütten ringsherum aus Holz und Bambus gebaut und mit gestutzten Palmblättern gedeckt war. Dahinter erhoben sich die ersten Urwaldbäume, Insekten zirpten, und zwei kleine, grüne Papageien oder Sittiche flatterten gerade so weit weg, dass sie außer Reichweite waren.

„*¡Hola! ¿Hay alguien ahí?*“, rief Mina durch die offene Tür.

Keine Antwort. Im Haupthaus schien niemand zu sein und auch sonst machte das Gelände einen eher verlassenen Eindruck. Nur ein, zwei Hütten sahen bewohnt aus. Während wir noch überlegten, welche davon Bens sein könnte, kam eine junge Frau um die Ecke. Jeans, T-Shirt, die dunklen Haare offen, unter dem Arm trug sie einen Korb mit weißen Laken.

„*¡Hola!*“, rief sie schon von Weitem. „Ihr müsst Bens Freunde sein. Ist der Bus also doch noch angekommen?!“

Wir nickten, erleichtert, dass sie uns anscheinend erwartet hatte.

„Dann herzlich willkommen!“ Sie trat zu uns, stellte ihren Korb auf die Verandastufen und reichte uns die Hand. „Ich bin Valentina.“

Ihr mit spanischen Ausdrücken durchsetztes Englisch hatte einen weichen Klang, sie formte die Worte mit einer leisen Nachdenklichkeit, als höre sie darauf, ob sie sie richtig aussprach. Dabei war ihr Englisch viel besser als unser Spanisch.

„Mina“, sagte Mina.

„Luca“, sagte ich. „Schön, dich kennenzulernen.“

„Ist Ben auch da?“ Mina sah in Richtung der Hütten. „Er wollte uns eigentlich abholen, aber anscheinend haben wir uns verpasst.“

„Ja, das habt ihr leider.“ In Valentinas Stimme lag echtes Bedauern. „Ben konnte es gar nicht erwarten, euch hier zu haben, und hat tagelang von fast nichts anderem geredet. Aber irgendwie ist was dazwischengekommen. Er ist heute Morgen ganz früh los.“

„Wie, los?“

„Wohin denn?“ Ich verstand genauso wenig wie Mina.

„Zurück in das Dorf im Wald.“

Mina und ich müssen ziemlich entsetzt ausgesehen haben.

„Keine Sorge. Ihr sollt nachkommen. Ben hat einen Brief für euch dagelassen.“ Valentina lächelte entschuldigend. „Ich weiß nur gerade nicht, wo er ihn hingelegt hat, ich war schon auf halbem Weg zum Markt. Aber setzt euch doch erst mal.“ Sie machte eine einladende Bewegung in Richtung Stühle und Tische, die auf der Veranda standen. „Ihr müsst müde sein nach der langen Fahrt. Ich hole uns was zu trinken.“

Da uns eh nichts anderes übrig blieb, ließen Mina und ich uns auf die Holzstühle mit breiten Armlehnen und dicken Kissen fallen, die noch bequemer waren, als sie aussahen. Trotzdem fühlten wir uns irgendwie verloren und wussten

nicht genau, was wir davon halten sollten, dass Ben uns versetzt hatte.
Wir drei freuten uns seit Wochen darauf, uns endlich wiederzusehen, und er konnte nicht mal einen Tag auf uns warten? Echt seltsam.
„Ich wüsste wirklich gern, was das soll!“ Auf Minas Stirn standen zwei steile Falten. „Erst schreibt er uns jeden Tag, dann werden seine Nachrichten immer knapper und jetzt ist er einfach ...?“ Der Rest blieb ungesagt, weil Valentina mit frisch gepresstem Saft, *Totopos* – selbst gemachten Tortilla-Chips – und ein paar Dips wiederkam. Ich war noch hungriger, als ich dachte, und langte ziemlich zu.
Währenddessen beantwortete Valentina unsere Fragen über die Gegend und die Lodge. Die Lodge führte Valentina zusammen mit ihrem Mann Juan, der hier geboren und aufgewachsen und gerade auf einer Dschungeltour war. Sie selbst kam aus der größten Stadt des Bundesstaates.
„Es ist wirklich schön hier“, sagte Mina. „Ganz anders als alles, was wir bisher gesehen haben.“
Ich leckte einen Klacks *Guacamole* von meinen Fingern. „Schon verrückt. Vor drei Tagen waren wir noch an der Pazifikküste mit lauter Backpackern, umgestiegen sind wir auf zweitausend Metern in einer Stadt voller Kolonialbauten, und ein paar Stunden später fahren wir durch Dörfer, die aussehen, als wäre die Zeit stehen geblieben und als gäbe es nicht

mal fließendes Wasser. Und jetzt ...“ Ich beendete den Satz gar nicht, sondern deutete auf die *Cabañas* in dem üppigen Garten.

„Ja, Mexiko ist ein Land der Gegensätze. Hier ganz besonders.“ Valentina lächelte, aber es war ein trauriges Lächeln. „Die Gegend ist eine der reichsten und ärmsten gleichzeitig. Reich an Kultur, an Menschen und Sprachen, an Bodenschätzen.“ Während sie sprach, kam einer der kleinen, grünen Papageien angeflattert und landete auf dem Geländer der Veranda. „Es gibt Berge, das Tiefland, den Regenwald. Jede Menge entdeckte und unentdeckte Stätten der alten Maya. Viele ihrer Nachfahren leben hier, *Tzeltales, Tzotziles, Tojolabales, Lacandones* ... Aber die meisten *Indígenas* sehen nichts von dem ganzen Reichtum. Selbst, wenn sie die Bohr- oder Holzfällerrechte für ihr Land verkaufen, sind nicht sie es, die gut daran verdienen.“

„Hat es deswegen nicht einen Aufstand gegeben?“, fragte Mina, die gedankenverloren an einem *Totopo* knabberte.

Valentina nickte. „Es gibt auch noch ein paar selbstverwaltete Gemeinden. Aber viel hat sich nicht verändert. Die *Indígenas* gehören immer noch zu den Ärmsten.“

Der kleine, grüne Papagei hüpfte näher und pickte die Krümel auf, die wir hatten fallen lassen, während Valentina den letzten Rest Saft in unsere Gläser schenkte.

„Wir haben Glück. Das Land gehört den Leuten hier, sie verdienen also selbst am Land oder am Tourismus und müssen nicht für ein paar *Pesos* auf einer Plantage arbeiten oder … schauen, wie sie sonst an Geld kommen." In ihrer Stimme lag ein Zögern, als hätte sie noch etwas sagen wollen, es dann aber doch gelassen.

Ich überlegte, ob ich nachfragen sollte, als der kleine Papagei hochsprang und ein Stück *Totopo* von Mina klaute, die ihren Arm locker auf die Lehne gelegt hatte.

„He!" Mina zog erschrocken ihre Hand weg und musste in der nächsten Sekunde lachen.

„Ganz schön frech!", sagte ich.

„Ja, die *Loros* können lästig sein." Valentina schob ihren Stuhl zurück und scheuchte den Papagei weg, der aber anscheinend wusste, dass sie es nicht wirklich so ernst meinte. Mir kam es fast so vor, als wolle Valentina das Gespräch nicht unbedingt weiter vertiefen und nehme die Ablenkung gern an.

„Lasst nichts offen rumliegen, was sich leicht davontragen lässt. Die *Loros* klauen ab und zu was. Und sind auch sonst sehr neugierig. Fragt Ben." Sie lächelte in sich hinein. „Ihr könnt übrigens einfach in seiner *Cabaña* schlafen, wenn ihr mögt. Die Betten lassen sich auseinanderschieben, ich muss sie nur noch neu beziehen. Dann könnt ihr duschen und euch ausruhen." Sie nahm den Korb auf. „Wollt ihr warten oder schon mal euer Gepäck abstellen?"

Mina und ich verständigten uns mit einem Blick.

„Gern erst das Gepäck abstellen.“ Ich schulterte den Rucksack und merkte, wie kaputt ich war. Dusche und dann schlafen, mehr wollte ich gar nicht mehr.

„Oje, ihr seht wirklich müde aus!“, sagte Valentina. „Ich hoffe, ich habe nicht zu viel geredet.“

Mina und ich beeilten uns, das zu bestreiten.

Valentina lachte nur. „Danke, das ist nett. Aber eine Pause könnt ihr sicher brauchen. Wenn ihr wollt, könnt ihr später immer noch rüberkommen. Bis dahin hab ich auch den Brief gefunden und weiß vielleicht schon, wie ihr zu Ben kommt.“

Lies weiter auf Seite 080.

Auf dem Weg zum Café trafen wir auf Valentina, die uns abholen wollte. „Wenn ihr alles habt, was ihr braucht, kann's losgehen! Ich bring euch zum Boot."
„Zum Boot?", echote ich.
„Ja, der Weg über den Fluss ist der schnellste", antwortete sie. Don Antonio wartete schon, etwas abseits von der Stelle, an der die Longtailboote aus Guatemala anlegten, mit denen vor allem Touristen übersetzten. Nur ein handgemaltes Willkommensschild an einer Bretterbude deutete darauf hin, dass das gegenüberliegende Ufer zu einem anderen Land gehörte. Etwas entfernt sahen wir aber auf beiden Flussseiten Uniformierte, was nicht alltäglich war, nach der Handbewegung und dem Schnalzen Don Antonios zu urteilen.
Don Antonio war fast so breit wie hoch und trug einen hellen Strohhut, dessen Schatten die Furchen in seinem Gesicht noch tiefer erscheinen ließen.
Während Valentina uns zum Abschied umarmte und Grüße auftrug, schob Don Antonio die Kisten, mit denen sein kleines Boot vollgestapelt war, etwas enger zusammen, damit wir uns setzten konnten, und los ging es.
Der *Usumacinta* floss schnell dahin, Verwirbelungen im braunen Wasser zeigten, wie stark die Strömung war.
Wir sprachen nicht viel, genossen den Fahrtwind, der die Schwüle erträglicher machte, und hielten Ausschau nach den Brüllaffen, deren Rufe bis zu uns drangen, aber die Kronen der

Bäume waren zu dicht. Doch an einer Stelle, an der die Ufer des Flusses durch vorgelagerte Felsen und Sandbänke näher zusammenrückten, nahm ich eine Bewegung wahr.

Mit der einen Hand schirmte ich meine Augen gegen die Sonne ab, mit der anderen machte ich Mina auf die Gestalten aufmerksam, die unter den Bäumen zu einem Boot huschten und es mit irgendwelchen Paketen beluden.

„¡No mires!“ Don Antonio zog mich am Arm von der Bank und gab Vollgas. Mina duckte sich reflexartig hinter eine Kiste. Aus den Augenwinkeln sah ich, wie einer der Männer, die um das Boot standen, ein Gewehr hob. Er fixierte mich und tat, als ob er abdrücke, und für einen aussetzenden Herzschlag befürchtete ich, er tue es tatsächlich.

Don Antonio wischte sich mit dem Handrücken den Schweiß ab. *„Narcos!“*

Das hätte er gar nicht mehr sagen müssen, jetzt war mir auch klar, wen ich da so unverhohlen beobachtet hatte: Drogenschmuggler.

Den Rest der Fahrt verbrachten wir schweigend. Irgendwann bog Don Antonio in einen Seitenarm des Flusses ab, und bald darauf hielt er an einem schmalen Steg aus zusammengebundenen Ästen. Da niemand auf uns wartete, bedeutete uns Don Antonio, dem Pfad zu folgen, der hinter dem Steg begann – ungefähr eine Stunde lang. Mit einem dünnen Zweig, den er aus dem Wasser fischte, malte er den Verlauf in den

Uferschlamm. Irgendwann gabelte sich der Weg und Don Antonio strich die erste Abzweigung durch. Als er glaubte, dass wir verstanden hatten, half er uns aus dem Boot, reichte uns unsere Rucksäcke, winkte und legte ab.

Lies weiter auf Seite 087.

Wir rannten los, gerade als die *Equis* in Sichtweite kamen.
„*¡Los tengo!*“, rief Jörn über die Schulter, stürmte hinter uns her und schoss mehrmals absichtlich so knapp an unseren Beinen vorbei, dass ich das Gefühl hatte, die Kugeln müssten mir zumindest die Hose versengen. Ich war mir nicht sicher, wie lang er den *Equis* vormachen konnte, dass er uns erwischt hatte, aber immerhin gewannen wir ein bisschen Zeit. Und solange er hinter uns herlief, war er unser Schutzschild. Dass er durch die Gegend ballerte, machte es aber nicht gerade einfacher, von Stein zu Stein zu springen, ohne die Symbole aus dem Blick zu verlieren oder sich zu verzählen. Ich rechnete jede Sekunde damit, danebenzutreten und nach unten zu stürzen.
Vielleicht bildete ich mir das ein, aber ich glaubte, aus den Augenwinkeln olivbraune Höcker und zwei Nasenlöcher aus dem sumpfigen Wasser auftauchen zu sehen.
Schreie hinter uns bestätigten, dass die *Equis* die Verfolgung aufgenommen hatten und auf die falschen Steine getreten waren. Trotz allem wünschte ich ihnen, dass nichts Schlimmeres als ein ekliges Bad und ein paar Blutegel auf sie warteten.
Kurz bevor es zu dunkel wurde, um die Symbole überhaupt noch erkennen zu können, kamen wir auf der anderen Seite an. Ich wollte mich umdrehen, doch Jörn stieß mich weiter.
„Nie zurückblicken“, sagte er streng.
„Ich glaube, wir sind richtig!“, rief Ben. „Vor uns liegt der Fluss!“

Jörn nahm die Machete, die er sich neben dem Gewehr über die Schulter gehängt hatte, ab, und schlug uns den Weg frei. Von fern schimmerten Lichter durchs Gehölz.

„Fackeln!“ Mina hielt kurz den Atem an. „Gehören die auch zu den … *Equis*?“

Ben lief ein paar Meter voraus. „Nein! Das müssen die Leute aus dem Dorf sein! Nur sie haben solche Boote.“

Im letzten Licht stolperten wir weiter, auf die Silhouetten der Einbäume zu, die im Schein der Fackeln auf dem Wasser tanzten.

„Jörn, wir brauchen die Machete! Komm wieder nach vorn.“

Keine Antwort.

„Jörn?“ Ben drehte sich zu Mina um, Mina sich zu mir und ich mich zu … niemandem. Jörn war verschwunden!

„Ben?“, rief jemand von vorn. „Ben!“

„Hier!“

Zwei, drei Schläge mit einer Machete, dann tauchte im Licht einer Fackel K’ins Gesicht auf. Er lachte und umarmte Ben. Dann waren Mina und ich dran.

Als ich K‘in so sah, mit seinen langen, rotblonden Haaren, seiner eher drahtigen Statur und der offenen Art, fragte ich mich, wie ich je hatte glauben können, er gehöre zu den *Equis*. Später erfuhr ich, dass die *Equis* seine Eltern umgebracht hatten und er nur knapp mit dem Leben davongekommen war. Trotzdem hatte er alles darangesetzt, uns zu retten. Hatte die

Leute aus dem Dorf überzeugt, nach uns zu suchen *und* die staatliche Anti-Drogen-Einheit zu alarmieren, was immer ein Risiko war. Zum einen, weil nie klar war, ob sie nicht längst von irgendeinem Kartell unterwandert waren, zum anderen, weil sich die *Equis* rächen würden, sollte je rauskommen, durch wen sie aufgeflogen waren.

Aber das wusste ich alles noch nicht, als K'in mir so fest auf den Rücken klopfte, dass mir fast die Luft wegblieb. Auch Ben umarmte mich. Und dann Mina.

Ich spürte ihre spitzen Schulterblätter und jeden ihrer Wirbel unter dem dünnen Shirt, sie wirkte so schmal, fast zerbrechlich. Obwohl Mina natürlich alles andere als zerbrechlich ist.

Sonst bin ich eher unbeholfen und vorsichtig, doch jetzt hielt ich sie, so fest ich konnte, und hätte sie am liebsten gar nicht mehr losgelassen. Viel zu früh zog sie die Arme unter meinen hervor, tat dann aber etwas ganz anderes, als ich erwartet hatte. Sie nahm mein Gesicht zwischen ihre Hände, zog es zu sich runter – und küsste mich. Es war wie ein elektrischer Schlag, der durch meinen ganzen Körper schoss – ich spürte nur noch ihre Lippen. Sie waren von der Hitze gesprungen wie meine, trotzdem war es der schönste Kuss, den ich je bekommen hatte.

„Das wollte ich schon die ganze Zeit tun", sagte Mina und küsste mich wieder.

An alles andere erinnere ich mich nur vage, ich weiß nicht, ob es an dem Kuss, der Erschöpfung nach dem ganzen Irrsinn oder an beidem lag. Irgendwie wurden wir in ein Boot und ins Dorf zurückverfrachtet, wo K'ins Onkel unsere Schrammen versorgte, bevor wir auf die Feldbetten fielen und vierundzwanzig Stunden durchschliefen.

Ein paar Tage später erfuhren wir, dass fast alle *Equis* samt Polizeichef verhaftet worden waren und die Anti-Drogen-Einheit hoffte, durch sie auch an *Señor Equis* heranzukommen.
Nur von Jörn fehlte jede Spur.
Trotz allem, was er getan hatte, konnte ich verstehen, dass Ben erleichtert war, dass sein Cousin davongekommen war. Mal wieder. Ein mexikanisches Gefängnis war sicher nicht ohne. Trotzdem waren meine und Minas Gefühle gemischt. Einerseits hatte Jörn uns geholfen. Andererseits waren wir nur seinetwegen in diesen ganzen Mist reingezogen worden. Und hätten leicht dabei draufgehen können. Vielleicht war auch schon mal jemand wegen ihm draufgegangen. Immerhin war er ein *Equis*. Zum Glück war uns nichts Schlimmes passiert, und die *Equis* hatten sich noch nicht mit unseren Eltern in Verbindung gesetzt, obwohl der Polizeichef schon bei unserer ersten Begegnung ein paar Kontakte aus meinem Handy ausgelesen hatte. Die *Equis* wollten Mina und mir wohl erst auf den Zahn fühlen, wie viel von unseren Familien zu holen wäre. Womöglich

hätten sie uns monatelang in dieser verdammten Pyramide festgehalten ...

Die verborgene Stadt würde aber nicht mehr lange verborgen bleiben, die Ausgrabung würde bald beginnen.

K'in und Ben, die als ihre Entdecker gefeiert wurden, sollten dabei sein.

Mina und ich hatten erst mal genug von Maya-Ruinen und Abenteuern und beschlossen, in den Ort am Meer zurückzufahren, wo es nichts gab außer ein paar Hütten am Strand – und uns. Von dort wollten wir uns nicht mehr wegbewegen, bis unser Rückflug ging.

Denn wer wusste schon, wo wir sonst noch reingeraten würden?

Lies weiter auf Seite 094.

Nur langsam tauchte ich aus der Tiefe eines kurzen, wirren Traumes voller düsterer Schatten auf. Wie flüssiges Blei waberten sie um mich herum und durch mich hindurch, bis ich keine Luft mehr bekam und schwankend nach unten sank.

Das Schwanken blieb, genau wie das Gefühl, dass die Luft zu dick zum Atmen war und ich mich kaum bewegen konnte.

Ich brauchte einen Moment, um zu begreifen, wo ich war. Licht- und Schattenflecken huschten über mich hinweg. Benommen blinzelte ich gegen die Sonnenstrahlen an, die durch das Busfenster brannten.

Mina, den Kopf auf den abgewinkelten Arm gestützt, lehnte an der Scheibe und schlief. Die Flut ihrer dunklen Haare, die sich in der feuchtwarmen Luft wellten, war ihr ins Gesicht gefallen. Über ihrer Lippe glänzten winzige Tröpfchen im Sonnenlicht. Bei mir war es nicht anders, nur waren aus den Tröpfchen längst Tropfen geworden, die mir langsam den Nacken runterliefen. Mein T-Shirt war durchweicht und klebte an der Rückenlehne aus rotem Lederimitat fest. Ich sah an Mina vorbei nach draußen.

Die Landschaft veränderte sich mit jedem Kilometer, den wir zurücklegten. Das Hochland mit seinen schroffen Hängen und Nebelwäldern, aus denen weiß der Dunst aufstieg, lag längst hinter uns. Die Asphaltstraße, die sich in Serpentinen nach unten gewunden hatte, war abgelöst worden von einer lehmigen Piste, auf der ein Schlagloch dem nächsten folgte.

Ich rieb mir mit der Hand durch das Gesicht und über den verspannten Nacken und streckte mich vorsichtig: Meine Beine waren eingeschlafen. Die alte Frau, die neben mir zum Gang saß, machte sich noch kleiner, als sie sowieso schon war. Mina und ich hatten für sie aufstehen wollen, als sie eingestiegen war, aber das hatte sie nicht zugelassen. Dabei musste sie fast doppelt so alt sein wie wir beide zusammen. Ihre geflochtenen Zöpfe, die sie auf dem Rücken zusammengebunden hatte, waren grau und ihre Haut wie zerknittertes Pergament; unter dem bunt bestickten Rock ragten Beine wie knorrige Äste hervor und die Füße steckten in ausgelatschten Plastiksandalen. Also waren Mina und ich zur Seite gerutscht, soweit es eben ging, und hatten uns zu dritt auf den Zweiersitz gequetscht. Wir waren nicht die Einzigen, der Bus war proppenvoll.

Bis jetzt waren wir in bequemen Langstreckenbussen gereist – mit breiten Sitzen und Klimaanlage, die oft so kalt eingestellt war, dass wir unsere Kapuzenpullis brauchten, um nicht zu frieren. Und obwohl das völlig irrsinnig war, hätte ich gerade jetzt nichts gegen eine Klimaanlage gehabt. Die Busse auf der Nebenstrecke ins dünn besiedelte Tiefland waren alt und klapprig; Luft kam nur durch die hinteren Fenster herein, die nicht richtig schlossen. Am Anfang hatte ich diejenigen, die direkt daneben saßen, beneidet, aber neben dem Fahrtwind wehte gelber Sand ins Innere, setzte sich in die Haare, die Augen, die Kehle, und ich wünschte mich ans Meer zurück.

Nach unserer Landung in Mexiko-Stadt waren Mina und ich erst mal ein paar Tage an die Pazifikküste gefahren. In eine versteckte Bucht, mit *Cabañas,* einfachen Hütten, direkt am Strand. Wir waren mit Schildkröten geschwommen, hatten uns von den Wellen ans Ufer tragen lassen und den Wolken zugeschaut. Die Stunden waren weich ineinandergeflossen, bis wir die Zeit vergaßen, die hier langsam lief. Wie die großen Schildkröten, die träge ein Bein vor das andere setzten, während die Abendsonne über sie glitt und ihre Panzer golden färbte. Von der Hängematte aus, durch meine halb geschlossenen Lider, wuchsen die Muscheln, die sich darauf festgesetzt hatten, zu Bergen. Passend zu dem, was Mina über die Mythen der Maya aus dem Reiseführer vorlas. Danach ruhte die Erde auf dem Rücken einer Schildkröte, die durch ein unendliches Meer schwamm. Mir war nur nicht ganz klar, wie das mit dem Mythos des Weltenbaums zusammenpassen sollte, der Erde, Himmel und Unterwelt verband. Oder lag die Unterwelt im Bauch der Schildkröte?

Beim Rascheln der Palmwedel, die Zehen im Sand, waren das nur irgendwelche Geschichten, ganz spannend, aber bald wieder vergessen. Da wusste ich noch nicht, dass ich mir bald wünschen würde, mir mehr über die Mythen gemerkt zu haben.

Obwohl es schade war, Strand, Meer und Schildkröten zu verlassen, war ich doch ganz froh, als wir uns nach ein paar Tagen auf den Weg ins Hochland machten, um Ben zu treffen. Zu lange mit Mina allein an einem Ort wie diesem würde mir gefährlich werden. Von dem Tag an, an dem ich zu ihr und Ben in die Klasse gekommen war, hatte ich Mina gut gefunden. Ziemlich gut. Weil sie anders war als die anderen. Sie sagte, was sie dachte, und machte, was sie für richtig hielt. *Wenn* sie etwas für richtig hielt, war sehr viel Energie nötig, um sie davon abzubringen. Viel mehr Energie, als die meisten besaßen (ich spreche da aus eigener Erfahrung). Und daran hatte sich nichts geändert. Geändert hatte sich bloß, dass *ich* langsam zu viel Energie brauchte, um in ihr nicht mehr zu sehen als meine beste Freundin. Vor allem, wenn sie nach dem Baden in der Hängematte lag und die Tropfen auf ihrer Haut verdunsteten, während sie mir vorlas.

Mittlerweile waren es im Bus bestimmt dreißig Grad. Mein Mund war ausgetrocknet und zwischen meinen Zähnen knirschte es.

Ich überlegte gerade, wie ich an die Wasserflasche kommen sollte, die in Minas kleinem Rucksack war, als mir die alte Frau eine Frucht reichte. Eine, die ich noch nie zuvor gesehen hatte: ungefähr so groß wie ein Apfel, grün, mit einer ledrigen Haut, deren Schuppen braun umrandet waren. Wie bei einer Echse. Es hätte mich nicht gewundert, wenn sich das Teil plötzlich bewegt hätte und davongekrabbelt wäre.

„¡Gracias!“, sagte ich zögernd, weil ich erstens keine Ahnung hatte, was das war, zweitens nicht wusste, was ich damit machen sollte, und mir drittens sofort alle Warnungen aus den Reiseblogs einfielen, kein ungeschältes Obst zu essen.

Die alte Frau nahm mir die Frucht wieder aus der Hand und öffnete sie für mich. Während ich noch ratlos auf das helle Fruchtfleisch mit den dunklen, kaffeebohnengroßen Kernen schaute, förderte sie irgendwo aus den Tiefen ihrer Plastiktüte einen winzigen Löffel aus dünnem Blech zutage und zeigte mir, wie ich die Frucht essen sollte: ausschaben und die Kerne in die Tüte spucken.

Die Sekunde, in der sie auch für sich eine Frucht herausholte, nutzte ich, um unauffällig den Löffel an meinem Ärmel abzuwischen, wobei ich mir sofort blöd vorkam.

Was auch immer ich da aß, war cremig und schmeckte wider Erwarten gut. Nach Banane, Papaya und Vanille. Ich nickte zum Dank, die alte Frau nickte zurück. Bildete ich mir das ein oder zuckten ihre fedrigen Augenbrauen in leisem Spott?

Ich wollte Mina die zweite Hälfte geben, brachte es aber nicht über mich, sie zu wecken. Im Schlaf huschte ein Lächeln über ihr Gesicht.

Entweder es war das Schlagloch, dem der Busfahrer diesmal nicht auswich, oder ich hatte Mina zu lange angesehen. Jedenfalls öffnete sie ein Auge und blinzelte mich verschlafen unter ihrem Haarvorhang an. „Ist was?“

„Ähm ... nee? Warum?“

„Weil du so komisch schaust.“

„Wie schau ich denn?“ Das versuchte ich so normal wie möglich zu sagen, spürte aber, wie mir heiß wurde. Noch heißer, als mir sowieso schon war.

Mina gähnte. „Verstrahlt irgendwie ...“

„Wir sitzen seit Stunden in diesem Bus. Wie soll ich da nicht verstrahlt sein?“

Mina sah mich mit ihrem ganz eigenen Blick an, der das Innerste nach außen holte. Jedenfalls fühlte es sich so an. Das hatte mich schon immer aus dem Konzept gebracht. Und nicht nur mich.

Ich reichte ihr die zweite Fruchthälfte und den Löffel. Das lenkte sie ab.

Kurz darauf hielt der Bus. Ich schaute über Minas Kopf hinweg, konnte aber nichts weiter erkennen als die staubtrockene Piste und die Bäume dahinter. „Pinkelpause? Oder sind wir da?“

Mina schüttelte den Kopf. „Weder noch. Militärkontrolle.“

Die Türen öffneten sich zischend.

Lies weiter auf Seite 058.

Eine halbe Stunde später erreichten wir das Dorf. Weiß schimmerten die gekalkten Häuser durch das Grün. Sie waren mit Palmwedeln gedeckt, hatten die Form eines Ovals und nur selten Fenster. An manchen Dächern waren Satellitenschüsseln angebracht und auch sonst mischten sich Alt und Neu. Ein paar Kinder, gefolgt von zwei, drei kleinen Hunden, liefen uns entgegen und umringten K'in, der ihre Fragen in einer Sprache beantwortete, die schön und fremd klang. Manche der Kinder trugen traditionelle Gewänder, andere die immergleichen Sachen, die überall getragen werden. Genauso war es bei den Erwachsenen, die uns freundlich zuwinkten, aber sonst weiter taten, was sie eben taten. Es war, als gehörten wir einfach zu diesem Tag – wie das Konzert der Insekten, das gegen Abend anschwoll, bis es klang wie das Pfeifen eines Wasserkessels.
Wir hielten nach Ben Ausschau, als aus einem der Häuser eine schmale Frau in Chinos und karierter Bluse trat. Ihre sandfarbenen, kurzen Locken tanzten um ihren Kopf, und in der Hand hielt sie eine Papprolle, wie sie für Karten oder Bilder verwendet wird. Fehlten nur noch Lederstiefel statt der hohen Sneakers und ein breitkrempiger Hut, und sie hätte in jedem Abenteuerfilm mitspielen können. Im Gegensatz zu allen anderen, denen wir bis jetzt begegnet waren, sah sie sehr angespannt aus. Sie hielt sich nicht mit Höflichkeitsfloskeln auf. Bevor wir auch nur Hallo sagen konnten, ließ sie ihrem Ärger freien Lauf. Sie sprach ein schweizerisch klingendes Deutsch

mit uns und mexikanisches Spanisch mit K'in (wie wir später erfuhren, war Raquel in beiden Ländern aufgewachsen).
„Ihr hättet euch gar nicht erst auf den Weg machen müssen. Ben ist nicht da!"
Mina und ich hatten uns noch nicht von dem Tiefschlag erholt, als sie sich schon an K'in wandte. „Er ist mit deinem Boot los. Allein. Ohne Bescheid zu sagen, wohin! Hast du davon gewusst?"
„Nein."
Raquel sah K'in prüfend an, der irgendwas davon sagte, dass er heute früh seinem Onkel mit den Pflanzen geholfen habe (oder so ähnlich, ich verstand es nicht ganz) und eigentlich erwartet hatte, Ben bei uns zu sehen, als er uns getroffen hatte.
„Das ist völlig verantwortungslos!", schimpfte Raquel, während sie die Papprolle im Takt gegen ihr Bein wippen ließ. „Selbst, wenn er tatsächlich irgendeinen Hinweis auf die alte Stadt entdeckt hätte, von der ihr beide einfach nicht abzubringen seid, kann er nicht einfach allein losfahren! Das ist viel zu gefährlich. Und genau aus diesem Grund hat er nichts gesagt, da bin ich sicher!"
Mina und ich standen genauso begossen da wie K'in, der auffällig unauffällig geschaut hatte, als Raquel die verborgene Stadt erwähnt hatte. Wusste er mehr, als er zugab?
Raquel hörte mit der Klopferei auf und hielt uns die Papprolle hin. „Die ist für euch. Ich habe sie neben Bens Bett gefunden und wollte sie schon aufmachen. Falls was drin ist, das verrät,

wo Ben ist, sagt mir Bescheid! Und wenn er zurückkommt – schickt ihn sofort zu mir. Der kann was erleben!“ Sie drückte Mina die Rolle in die Hand und deutete auf die Hütte hinter sich. „Ihr findet mich hier. K’in wird euch zeigen, wo ihr schlafen könnt. Wir sehen uns beim Essen.“
Weg war sie.
„Wow, ich hoffe nur, die ist nie auf mich sauer!“, sagte ich.
K’in grinste, zumindest sinngemäß hatte er mich verstanden, obwohl ich kurz ins Deutsche gefallen war. Er führte uns zu einem der weiß gekalkten Häuser ohne Fenster und, wie sich herausstellte, auch ohne Tür. „Ist traditionell so“, sagte K’in. „Das Leben spielt draußen, drin wird nur geschlafen. So bleibt’s schön kühl. Licht kommt trotzdem rein.“
Mitten im Regenwald keine Tür zu haben, fand ich, gerade nach meiner Begegnung mit einer Giftschlange, gewöhnungsbedürftig. Gut, dass wir ein großes Moskitonetz mithatten. Über jedem der Feldbetten, die in dem einfachen Raum standen, gab es Haken dafür. Bis auf Raquel, die in dem Haus schlief, das auch die Ausrüstung und das „Büro“ beherbergte, übernachteten alle, die im Projekt arbeiteten, hier. Zurzeit war aber nur ein Bett besetzt: Bens.
Wir ließen unsere Rucksäcke auf den Boden fallen und uns auf die nächste Pritsche. Mina drehte die Papprolle in der Hand und sah zu K’in. „Weißt du, was da drin ist?“
K’in schüttelte den Kopf.

„Was über die Stadt?", fragte ich.
K'in hob zögernd die Schultern, beschloss dann aber, uns zu vertrauen. „Kann sein, dass wir sie gefunden haben. Aber sicher ist das nicht. Es gab schon immer heilige Steine im Wald, an denen geopfert wurde. Sie sind sehr alt. Aber keiner weiß genau, *wie* alt – und ob sie vor Generationen von unserem Volk mitgebracht wurden, als es vor den Spaniern in den Urwald floh, oder ob sie schon da waren, als wir kamen, und zu etwas Größerem gehörten. Einem Tempel oder so." Er strich sich nachdenklich die Haare aus dem Gesicht, dabei fiel mir eine Narbe an seinem Hals auf, die halb von seinem T-Shirt verborgen war, und in zwei Richtungen schräg zum Ohr und Kinn lief. Sah übel aus.
„Geschichten gibt es. Von zwei Brüdern und zwei Städten ..."
„Liegt eine davon in Guatemala? Jenseits des Flusses?", wollte Mina wissen.
„Ja!" K'in schien beeindruckt. Von Mina überhaupt, glaube ich.
„Wissen wir von Ben." Mina lächelte K'in an. „Erzähl weiter."
„Es soll eine Brücke über den Fluss gegeben haben. Und eine befestigte Straße. Ben und ich denken, wir haben Reste davon gefunden. Leider enden sie im Nirgendwo. Aber vor ein paar Wochen waren wir mit dem Boot unterwegs, wo selten jemand unterwegs ist, weil dort das Böse wohnen soll."
„Das Böse?" Mina und ich sahen uns an, nicht sicher, ob wir das richtig verstanden hatten.

K'in nickte. „Das erzählen die Legenden. Vielleicht sind die Götter der Unterwelt gemeint. Dort gibt es ein Sumpfgebiet, das nicht ungefährlich ist, und je nachdem, wie der Wind steht, stinkt es." Auf unseren fragenden Blick hin grinste K'in. „Das ist eine Eigenschaft, die einem der Todesgötter zugeschrieben wird – er ist nicht immer der Schlauste, aber sehr gemein, und er stinkt. Das bedeutet auch sein Name: *Kisin* ... "

Da weder Mina noch ich das spanische Wort kannten, das K'in zur Umschreibung nutzte, erklärte K'in es anders und machte ein Furzgeräusch.

„Der Furzer?" Ich lachte. „Das klingt aber nicht sehr furchterregend."

„Wenn du weißt, dass er wie eine verwesende Leiche aussieht und der Geruch daher kommt, schon. Außerdem hat er eine Schar fieser Begleiter wie die Mörderfledermaus, die sich mit den Augäpfeln ihrer Opfer schmückt – und Fledermäuse gibt's da auch ..."

„Hört sich übel an", sagte Mina, war aber mehr an der Fortsetzung der ursprünglichen Geschichte interessiert. „Aber wie ging es weiter? Du und Ben wart auf dem Boot ...?"

„Ja, aber dann kam Regen. Viel Regen." Das untermalte K'in mit den Händen. „Also legten wir an und suchten Schutz. Und da stießen wir auf ein paar Steine, die behauen aussahen. Unter den Wurzeln eines Baumes."

„Die Reste einer Mauer?“, fragte ich.
„Wahrscheinlich. Aber ob’s gleich eine ganze Stadt ist? Viel mehr haben wir nicht gefunden.“ K’in schlug die Beine unter sich und stützte die Arme hinter sich aufs Bett, ich hatte das Gefühl, er nutzte die Zeit, um uns zu mustern.
Wir bestanden den Test.
„Ich glaube, Ben ist vor Kurzem schon mal alleine los, um weiterzusuchen. Ich war ein paar Tage mit meinem Onkel unterwegs und Raquel mit irgendwelchen Uni-Leuten. Als ich zurückkam, war Ben irgendwie anders als sonst. Stiller. Aber ich habe ihn nur kurz gesehen, danach war er ein paar Tage im Studienzentrum in der Stadt. Da hab ich mir keine Gedanken mehr gemacht. Aber als er von dort zurückkam …“
„Ja?“, drängte Mina.
„Da war er richtig komisch. Hat kaum einen Ton gesagt.“
Mina nickte nachdenklich.
„Wie wäre es, wenn wir die Rolle aufmachen? Vielleicht sind wir dann schlauer“, sagte ich. Das fand ich besser, als weiter rumzuspekulieren.
In der Rolle waren wieder ein paar Blätter mit Notizen und ein handgezeichneter Plan.
„Sieht aus wie ein Lageplan. Das könnten Gebäude sein … Darunter stehen Schriftzeichen.“ Mina tippte auf die Karte.
Ich ging währenddessen die Notizen durch. Darunter war die Übersetzung einer Legende über Zwillingsbrüder, die die Göt-

ter der Unterwelt überlisteten und so selbst zu Göttern wurden.
Waren das die Brüder, die jenseits und diesseits des Flusses geherrscht hatten? Und das Ganze Hinweise auf die nie gefundene Stadt?

Schau dir die Legende (im Codex) selbst an. Wie du sie „lesen“ musst, verrät dir die Anleitung auf der nächsten Seite. Wirst du schlau daraus? Die richtige Reihenfolge des Codes erkennst du erst am Schluss.

1.
2.

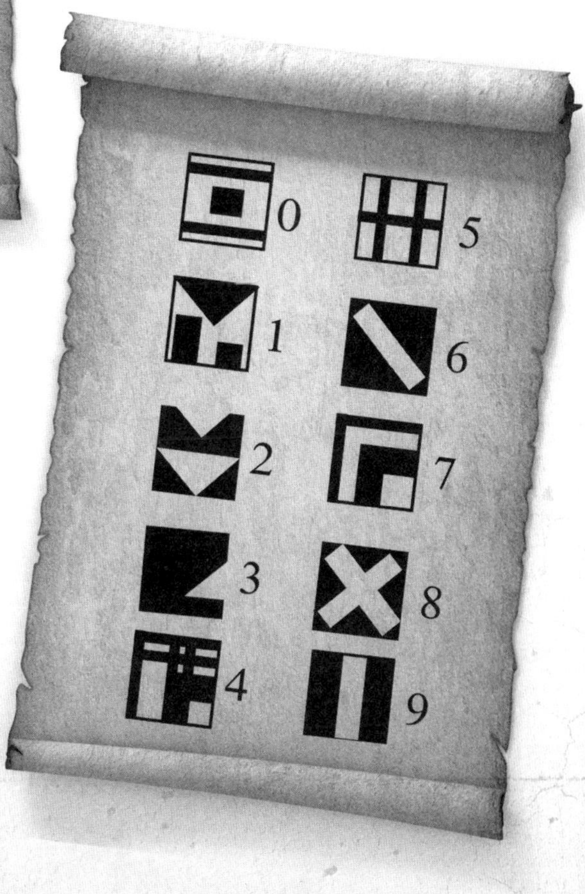
0
5
1
6
2
7
3
8
4
9

Als ich am nächsten Morgen aufwachte, saß Mina, die Haare noch nass von der Dusche, über Bens Notizen gebeugt an dem kleinen Tisch. Das Buch über die Maya lag daneben, die Zeitungssauschnitte waren um sie herum verteilt.
„Na, auch schon wach, Schlafmütze?“ Ganz schön unverschämt angesichts der Tatsache, dass es erst kurz nach acht war und Mina normalerweise genauso ein Morgenmuffel war wie ich. Aber da sie weniger geschafft aussah und bessere Laune hatte als gestern Abend, sah ich darüber hinweg. Ich gab nur ein undefinierbares Gebrummel von mir, setzte mich auf und rubbelte mir durchs Gesicht. Rasieren wär nicht schlecht.
„Hast du was gefunden?“ Ich gähnte.
„Soweit ich daraus schlau werde“, sagte Mina mit Nicken zu den Notizen, „glaubt Ben, dass es in der Nähe unentdeckte Maya-Ruinen gibt. In dem Buch, das er uns dagelassen hat, ist von zwei Städten die Rede, eine diesseits und eine jenseits des Flusses. Die Stadt jenseits des Flusses gehört zu Guatemala und wurde schon vor Jahrzehnten entdeckt, die andere nie gefunden. Alten Aufzeichnungen nach standen die Städte in Verbindung, gehörten möglicherweise zu einem Herrschaftsgebiet. Da es die Grenze damals nicht gab, könnte das passen. Ich krieg das nur nicht mit den Zeitungsartikeln zusammen.“
„Vielleicht gibt's da keinen Zusammenhang.“
Nach ausreichend Schlaf und bei Licht besehen kam es mir fast vor, als ob wir aus ein paar blöden Zufällen ein Riesen-

ding gemacht hatten. In ein paar Stunden würden wir Ben wiedersehen und es würde sich alles klären.
Ich schwang mich aus dem Bett. Erst mal eine Dusche. Und dann was essen. Ich hatte schon wieder Mordshunger.
Als wir vor unsere *Cabaña* traten, war es, als liefen wir gegen eine Wand aus feuchtwarmer Luft. Der Himmel war nach wie vor bedeckt, die Schwüle trieb mir sofort den Schweiß aus allen Poren.
Valentina wartete mit dem Frühstück auf uns. Sie hatte bereits gegessen und keine Zeit, sich zu uns zu setzen. Auf Minas Frage, ob sie mit der Projektleiterin hatte sprechen können, schüttelte sie den Kopf. „Ich komme nicht durch. Aber sie weiß Bescheid! Ganz sicher. Ich bring euch nachher zu eurer Mitfahrgelegenheit. Kann sein, dass ihr ein bisschen später loskommt. Heute gibt es verstärkt Kontrollen."
„Wieso, ist was passiert?", wollte Mina wissen.
„Nicht unbedingt", antwortete Valentina. „In der letzten Zeit hat das Militär die Präsenz verstärkt. Vielleicht, weil mehr Bewegung an der Grenze ist, vielleicht einfach, um zu zeigen, dass sie da sind. Das weiß keiner so genau."
Das sagte sie schon halb im Gehen (wobei ich wieder das Gefühl hatte, dass sie uns auswich), wandte sich dann aber noch mal um. „Ich würde euch übrigens raten, nur mit leichtem Gepäck zu reisen. Nehmt eure kleinen Rucksäcke statt der großen. Außer dem, was Ben euch dagelassen hat, braucht ihr

nur ein paar Klamotten, feste Schuhe und natürlich was gegen die Sonne, alles andere könnt ihr im Schuppen lagern. Ihr seid ja bald zurück."

Wir befolgten Valentinas Rat und packten nur das Nötigste ein, haderten allerdings, welche der Sachen aus der Kiste wir mitnehmen sollten. „Das Buch und die Karte auf jeden Fall", sagte Mina. „Und was machen wir mit den Zeitungsausschnitten?"

„Die lassen wir hier. Nimm das Foto mit, das du gefunden hast."

Mina war einverstanden, wollte die Artikel aber noch mal durchgehen, bevor wir sie in die Kiste zurücklegten und wegschlossen.

„Irgendwie kommt mir das bekannt vor ... hm ..." Sie blätterte die Ausschnitte ein zweites Mal durch und drehte sich dann zu mir. „Wo ist denn die Karte?"

Die war natürlich schon in meinem Rucksack. Als ich sie wieder rausgekramt hatte, breitete Mina sie quer über dem Tisch aus und strich die Ortsnamen an, die in den Artikeln erwähnt wurden. Außer der Stadt in den Bergen, einem Ort nahe der Küste und dem Dorf, in dem wir uns gerade aufhielten, waren auch ein paar Orte jenseits der Grenze dabei.

„Und was soll uns das jetzt sagen?", fragte ich, während ich das Moskitonetz verstaute.

Mina knabberte an ihrer Unterlippe, wie immer, wenn sie nachdachte, hatte aber auch keine Antwort.

Ich packte den Sternenführer ein, mitten im Nirgendwo konnte der ganz nützlich sein, um wenigstens die Himmelsrichtungen bestimmen zu können. Dann griff ich nach der Regenplane (oder was das war) und hielt sie fragend hoch. „Brauchen wir die eigentlich? Mein Rucksack ist nämlich schon ziemlich voll. Und wir haben ja nicht vor, draußen zu schlafen, oder?"
„Wer weiß. Lass sie uns lieber mitnehmen. Ich hab noch Platz!"
Ich warf die Plane wie ein Frisbee quer durch den Raum, aber da Mina mit dem Blick noch bei der Karte war, fiel die Plane auf den Boden und entfaltete sich.
Fluchend hob Mina sie auf.
„Was ist denn das?" Sie sah mich fragend an.
„Halt sie mal mehr ins Licht!"
Mina tat, was ich sagte, und jetzt war es ganz deutlich zu erkennen. Auf der durchsichtigen Plastikplane waren irgendwelche Symbole und Striche.

Wirst du aus alldem schlau? Die Plane ist, wenn auch nicht durchsichtig, im Codex abgebildet. Die nächste Seite im Buch verrät dir, was du damit tun sollst.

 auf 

 auf 

 auf 

 auf 

 auf 

 auf 

 auf 

öffnen

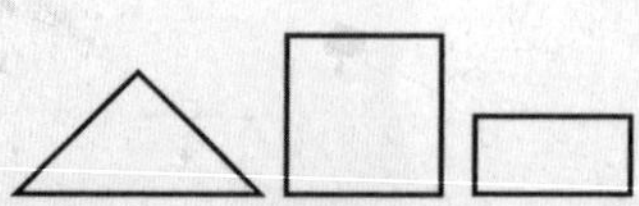

K'in weckte uns wie versprochen kurz vor Sonnenaufgang.
Wir nahmen Wasser und Vorräte mit, ein Mittel gegen die Mücken, natürlich die Karte und was Ben sonst noch für uns zurückgelassen hatte. Da K'in Raquel Bescheid gesagt hatte, wo wir nach Ben suchen würden (ohne zu viel über Bens Überlegungen und Notizen zu verraten), beschlossen Mina und ich, Pedro vorerst nicht zu alarmieren. Er würde so oder so vorbeikommen, falls er bis heute Abend nichts von uns hörte.
Während der Wald langsam erwachte, führte K'in uns auf einem anderen Pfad als dem, auf dem wir gekommen waren, aus dem Dorf hinaus. In weißen, dunstigen Schwaden stieg der Nebel aus den Bäumen auf und tauchte alles in ein geheimnisvolles Halblicht, bevor er sich vor dem klaren Blau hoch oben auflöste. Aus den Schatten erhob sich zwischen vom Nachttau feuchten Stämmen zweier Bäume ein schwarzer, glänzender Stein, in den ein Gesicht gemeißelt war. Trotz oder wegen der groben Züge hatte es etwas Grausames. Der aufgerissene Mund unter den blicklosen Augen und der nur angedeuteten Nase glänzte feucht und dunkel. Von Blut, nicht von Tau – jedenfalls den Federn nach zu schließen, die drum herum klebten.
„Ein Opferstein", sagte K'in, aber das hatte ich mir schon gedacht.
Ein paar Minuten später sahen wir den Fluss durch das Dickicht schimmern, der das Dorf mit seinen Seitenarmen um-

schloss. Gut versteckt lagen in der Uferböschung eine Reihe Einbäume vertäut. K'in stieß uns mit einem langen Paddel ab, und wir glitten mit dem Kanu durch das Wasser, das, anders als das des Hauptarms, klar und ruhig dahinfloss. Ich hätte nur die Hand sinken lassen müssen, um die Finger in die flachen Wellen zu halten, die das Boot Richtung Ufer schickte. Sie sahen so schön kühl aus.

K'in fing meinen Blick auf und deutete mit dem Kinn zu den Bäumen am Ufer, deren Äste sich im Wasser spiegelten. Zuerst wusste ich nicht, was er meinte, bis ich die leise Bewegung und die olivbraunen Höcker und Schuppen aus dem Wasser ragen sah. Ein Krokodil, Alligator oder was auch immer. Ich hatte nicht vor, das herauszufinden.

„Hast du das gesehen?!"

Mina nickte und legte ihre Arme um die Knie. Mit einem Mal wurde uns sehr bewusst, wie tief der Einbaum im Wasser lag. Der Fluss machte eine Biegung und K'in lenkte das Kanu in einen weiteren Seitenarm. Kurz darauf kamen wir an der Stelle vorbei, an der K'in und Ben das erste Mal angelandet waren. Wie K'in das erkennen konnte, war mir schleierhaft, für mich sah alles gleich aus.

Mina kramte den Zettel mit Bens Übersetzung der Legende heraus, der uns verraten hatte, welche Abzweigungen wir nehmen mussten.

„Wie war das? Die erste auslassen und dann ..."

Doch K'in lenkte das Boot in traumwandlerischer Sicherheit und fand die richtigen Wege schneller, als Mina nachschauen konnte.
Das Wasser wurde morastiger und aus dem Wald wehte ein schwacher sumpfiger Geruch zu uns. K'in steuerte das Boot ans Ufer, die tief hängenden Äste streiften über unsere Köpfe, dann lief das Boot mit einem schmatzenden Geräusch auf Schlamm. Ich spähte in den Schatten des Unterholzes und hoffte bloß, dass zwischen den umgekippten Baumstämmen nicht noch ein Krokodil in der Sonne döste.
Wir schulterten unsere Rucksäcke und tauchten hinter K'in in das Dickicht. Nur ein paar abgeknickte Zweige und Machetenspuren an einem Ast verrieten, das hier vor Kurzem jemand entlanggelaufen war. Ich sah zurück, der Einbaum war schon nicht mehr zu sehen. Auf dem Pfad, den sonst Tiere zu nutzen schienen, kamen wir nur langsam vorwärts, und K'in setzte öfter die Machete ein. Die Schnittspuren gaben uns etwas Sicherheit, dass wir auch wieder zurückfinden würden; ohne sie hätte ich sofort jede Orientierung verloren.
„Schaut mal da!" Mina blieb abrupt stehen und zeigte auf einen einzelnen dunklen Stein, der zwischen dem Grün hervorschaute.
Das Dickicht war etwas zurückgeschlagen worden, und als wir näher traten, sahen wir, dass er behauen war. Er ähnelte dem Opferstein in der Nähe des Dorfes, zeigte aber keinen

menschlichen, sondern einen Jaguarkopf. Nur dass mit weißem, mittlerweile getrocknetem Pflanzensaft in einem Halbkreis Striche aufgemalt waren, die wie Strahlen von Stirn und Ohren wegstrebten. Sah aus wie ...

„Eine Mähne!", rief Mina.

„*Folgt dem Löwen!* – das ist von Ben!", sagte ich.

Über Bens Lebenszeichen war ich genauso erleichtert wie sie, musste aber sofort an die Löwenmasken denken, hinter denen die Gesichter derjenigen versteckt gewesen waren, die vor Jahren die Spendengala an unserer Schule überfallen hatten. Klar war das etwas, was Mina, Ben und mich verband, aber da gab es auch noch tausend andere, sehr viel schönere Dinge.

„Eigentlich hatte ich gehofft, nie wieder an die Löwenmasken erinnert zu werden", sprach Mina aus, was ich dachte.

Ich nickte. „Andererseits ... aus den ganzen Jaguarsymbolen, die immer und überall auftauchen, lassen sich leicht Löwen machen. Und Ben wusste, die erkennen wir ..."

Dass Ben uns damit noch etwas ganz anderes sagen wollte, sollten wir erst viel später verstehen.

Je weiter wir uns durch das Dickicht vorwärtskämpften, desto mehr Steine entdeckten wir, behauene und unbehauene, bis wir schließlich auf eine von Lianen überwucherte Stele stießen, die auf einer Art Wegkreuzung zu liegen schien: Zumindest deuteten die in verschiedene Richtungen führenden

Machetenspuren im Gestrüpp darauf hin. Vielleicht konnte K'in erkennen, welche älter oder jünger waren, Mina und ich konnten das jedenfalls nicht.
Die Stele war groß und schien nur aus Hieroglyphen zu bestehen.
„Wow! Schon irre, dass das alles seit Jahrhunderten hier herumliegt!" Beeindruckt ließ ich meine Finger über rauen Stein gleiten. Außer einem weiteren Jaguarkopf (ebenfalls von Ben mit einer Mähne versehen), erkannte ich auf Anhieb keines der Symbole.
„Das hier ist das Maul der Unterwelt, das die Schildkröte, die die Erde trägt, das die Mörderfledermaus und das sind die Zeichen für Herrscher und für Sonne und Mond", erklärte K'in und tippte auf die letzten drei. „Die stehen nicht zufällig hintereinander. Das sind alles Symbole, die mit der Legende über die göttlichen Zwillinge zu tun haben." K'ins Augen leuchteten. „Ich glaube, Ben hat die Stadt tatsächlich gefunden!"
„Und was ist das da? Die hier sehen aus wie hingekritzelte Bäume, aber das?" Mina tippte auf eines der Zeichen, das wie die stilisierte Mähne um den Jaguarkopf aussah, als wäre es nachträglich mit Pflanzensaft aufgezeichnet worden.
„Das ist das Zeichen für Straße."
„Und der Bogen daneben?", fragte Mina.
„Keine Ahnung. Soll das eine Schlange sein?"

„Oder es ist ein Hinweis auf den Eingang“, warf ich ein. „Zumindest auf den, den Ben genommen hat. Wenn es wirklich eine Stadt ist, ist die wahrscheinlich ziemlich groß, und wir könnten ewig suchen.“
Mina und K’in sahen mich überrascht an. Tja, ich hatte auch so meine hellen Momente.

Wie ist es mit dir? Schau dir die nächsten beiden Seiten an. Bekommst du heraus, wie es weitergeht?

Am Morgen geht die Sonne auf,
legt alle Teile passend drauf.
Dauert es auch eine Weile,
doch es gibt Platz für alle Teile.
Der Pfeil zeigt euch dann richtig an,
was man auf Teilen zählen kann ...

Mittags wird der Platz dann knapp,
drum schneide alle Tempel ab.
Die Teile werden dadurch klein,
doch nur so passt dann alles rein.
Der Pfeil zeigt euch dann richtig an,
was man auf Teilen zählen kann ...

Abends wird es noch viel schlimmer,
denn diese Teile passen nimmer.
Eines muss man hier verstehehˊn,
es passt, wenn alle Krieger gehˊn.
Der Pfeil zeigt euch dann richtig an,
was man auf Teilen zählen kann ...

Damit der Code sich offenbart,
gibtˊs jetzt noch einen letzten Rat ...
Die Bilder sind stets gut zu sehen,
ihr dürft die Teile niemals drehen.
Nichts steht hier schief oder gar Kopf,
seht ihr den Code, packt ihn am Schopf!

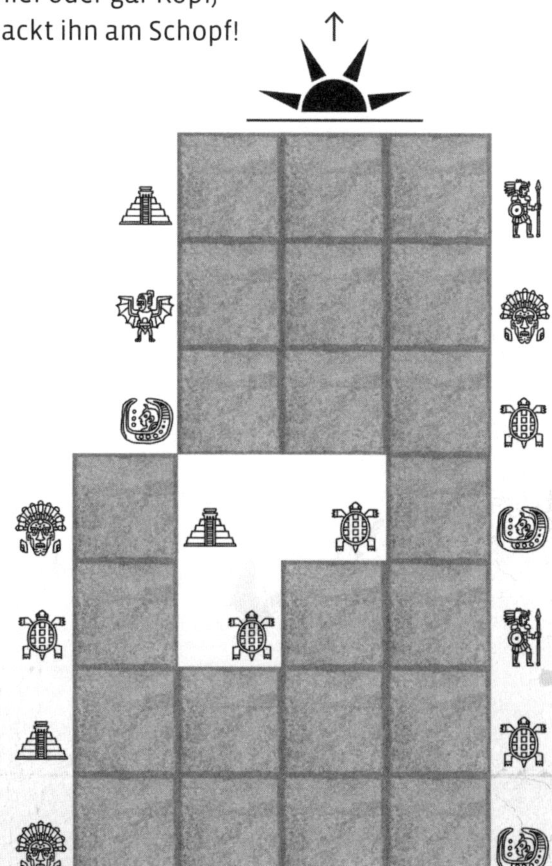

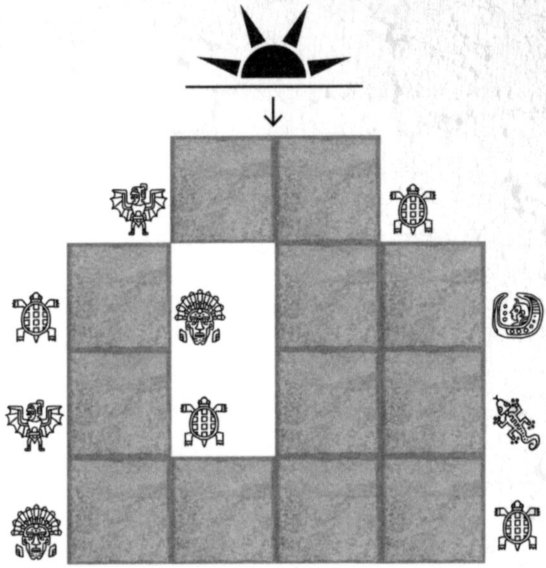

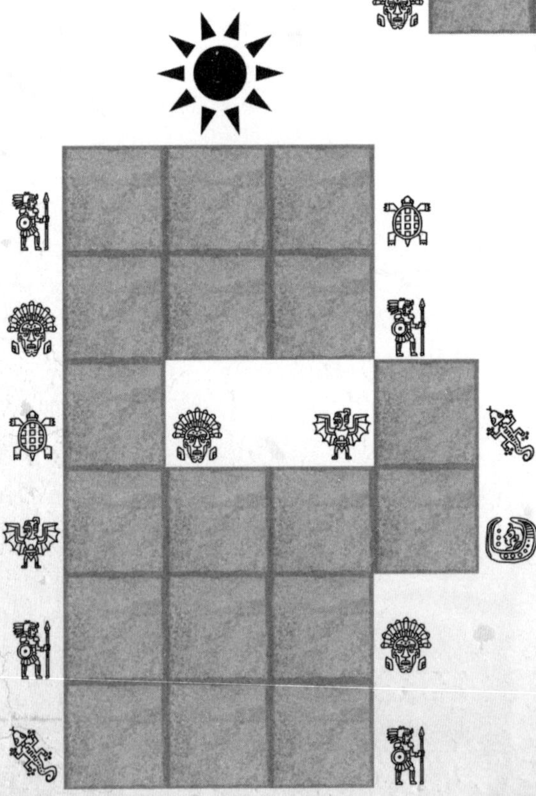

Als wir rausgefunden hatten, wie wir die Plane auf die Karte legen mussten, ergab sich ein Netz aus Wegen, dessen Zentrum sich mitten im Regenwald befand. Dort, wo auf der Karte ein großer, grüner Fleck eingezeichnet war.
„Aber da ist nichts. Ob wir uns vertan haben?" Ich drehte die Plane versuchsweise noch mal, aber nur in einer Position waren die markierten Orte durch Linien miteinander verbunden.
„Glaub ich nicht. Die Frage ist nur, was das mit den *Equis* zu tun haben soll ..." Nervös trommelte Mina mit den Fingern auf die Karte.
Dass mit dem grünen Fleck Urwald gemeint war, wussten wir nur, weil es da stand: *Selva Virgen*. Aber Urwald war nicht gleich Urwald. Neben dicht bewachsenen Flächen gab es Unmengen, die gerodet worden waren: wegen des Tropenholzes, um nach Öl zu bohren oder um etwas anzubauen. Dieses Etwas mussten nicht unbedingt Mais oder Bohnen sein – wo ließen sich Cannabis- oder Kokapflanzen besser verstecken als mitten im dichten Grün?
„Vielleicht ist da irgendwo eine Plantage ...", überlegte ich. Was hatte Valentina gestern gesagt? Oder besser nicht gesagt? Manche Leute der Gegend waren so arm, dass sie schauen mussten, wie sie sonst an Geld kamen.
„Könnte sein. Der Kreuzungspunkt der Linien liegt ziemlich dicht an einem Flussarm." Mina tippte auf die Karte. „Nicht der schlechteste Transportweg ..."

Meine Handflächen wurden feucht. Auch wenn ich mein Wissen vor allem aus Filmen und Serien hatte und nicht wusste, wie realistisch die waren, wusste ich doch, dass es verdammt gefährlich war, zu nah an ein Drogenkartell heranzukommen. Deren Gräueltaten schafften es sogar bei uns regelmäßig in die Nachrichten.

Es klopfte. „Seid ihr so weit? Von mir aus könnten wir in ein paar Minuten los!", rief Valentina von draußen.

„Wir kommen gleich!", rief ich zurück.

Wir hätten gut allein gehen können, aber sie wollte den kurzen Weg in den Ort anscheinend dazu nutzen, um uns auf das vorzubereiten, was uns erwartete.

„Im Gegensatz zu den Leuten hier, die die Maya-Götter gegen das Christentum getauscht haben und kaum mehr die alten Sprachen sprechen, haben die Menschen im Dorf die Traditionen bewahrt, und nur die Jüngeren sprechen Spanisch. Sie wollen den Einfluss von außen so gering wie möglich halten, deswegen lassen sie nur eine begrenzte Zahl an Besuchern zu."

Mina nickte. „Davon hat Ben uns erzählt. Deswegen wohnen die Leute, die am Projekt beteiligt sind, bei euch, und nur eine kleine Gruppe fährt immer wieder ins Dorf."

Valentina lächelte, froh, dass sie nicht bei null anfangen musste. „Genau. Aber wegen der Frühlingsferien und des Feiertags sind momentan sowieso nur die Projektleiterin und

Ben da.“ Valentina bog auf den Platz ein, auf dem bereits die ersten Marktstände abgebaut wurden. „Ihr seid angekündigt und als Freunde von Ben bestimmt willkommen.“ Valentina deutete auf ein kleines, einfaches Café auf der anderen Seite des Platzes. „Wollt ihr dort warten, während ich Don Antonio suche, der euch mitnehmen wird? Es könnte etwas dauern.“

„Macht nichts“, antwortete ich. „Wir wollten sowieso noch Wasser besorgen. Sollen wir uns in einer halben oder Dreiviertelstunde hier treffen?“

Valentina nickte und ging mit schnellen Schritten über den Platz.

Wir kauften an den letzten offenen Marktständen ein bisschen Obst und *Totopos*. Es herrschte eine ganz andere Stimmung als am Tag zuvor, irgendwie gedämpft. Vielleicht lag das an dem merkwürdig drückenden Wetter, vielleicht an den verstärkten Kontrollen, von denen Valentina erzählt hatte.

Auf dem Weg in den kleinen Laden, in dem wir schon gestern Wasser geholt hatten, sahen wir dicht hintereinander zwei Militärfahrzeuge in hoher Geschwindigkeit durch den Ort fahren.

Als wir den Ladenbesitzer, der uns freundlich begrüßte, fragten, ob er wisse, was los sei, antwortete er mit einer vagen Geste: „Das kann alles sein. Möglicherweise haben sie ein paar der armen Teufel geschnappt, die über die Grenze wollten, oder sie sind hinter *Narcos*, Drogenschmugglern, her, oder sie lassen nur die Muskeln spielen. Haltet euch einfach fern."

Auf dem Weg zum Café war Mina sehr nachdenklich. Als wir an der Polizeistation vorbeikamen, die in einem schmalen, unscheinbaren Haus untergebracht und nur an dem Polizeiwagen davor zu erkennen war, blieb sie stehen. „Lass uns reingehen und nach Pedro fragen. Valentina hat die Projektleiterin immer noch nicht erreicht. Wir wissen nicht, was mit Ben ist. Und ob wir überhaupt Hilfe holen können, wenn wir erst dort sind."

Darüber hatte ich auch schon nachgedacht. Handyempfang würden wir sicher nicht haben, und wenn die Satellitenverbindung immer wieder zusammenbrach, wie sollten wir dann jemanden benachrichtigen?

„Okay. Aber wir reden nur mit Pedro!"

Das war leichter gesagt als getan. Als wir durch die niedrige Metalltür traten, sahen wir uns einem jungen Polizisten gegenüber, der die Füße auf den Schreibtisch gelegt hatte, mit seinem Stuhl kippelte und seine Sonnenbrille in der Hand kreisen ließ.

Unseren Gruß erwiderte er nur mit einem Knurren. „*Nos … gustaría hablar con Pedro.*" Ich hoffte, das klang halbwegs, als wäre das die selbstverständlichste Sache der Welt.

„Um was geht's?"

War ja klar!

„Es ist was Persönliches", sagte Mina.

Der Typ lachte, als hätte Mina einen guten Witz gemacht, hörte aber so plötzlich auf, wie er angefangen hatte, und zeigte mit dem Bügel seiner Sonnenbrille auf uns. „Sagt, was ihr zu sagen habt, oder verschwindet!"

Ein Polizist mit grauen Haaren und grauem Schnurrbart kam aus einem hinteren Zimmer. „Was ist hier los?"

Der Jüngere nahm sofort die Füße vom Tisch. „Die wollen *Pedro* sprechen!" Er sagte das so gedehnt, dass klar wurde, wie unverschämt er unsere Frage fand.

Die Augenbrauen nach oben gezogen, wartete der Ältere, bis die Sitzhaltung seines Hilfssheriffs seinen Erwartungen entsprach, bevor er sich zu uns umwandte.

„Dann kommt mal mit!" Er ging voraus in sein Büro, in dem neben einem einfachen Schreibtisch ein kleines Tischchen mit Plastikstühlen stand. Mit einer einladenden Geste forderte er uns auf, uns zu setzen. „Was kann ich für euch tun?"

„Sie sind also Pedro?", hakte Mina nach.

Ich hatte auch jemand anderen erwartet, war mir aber nicht sicher, wie unser Gegenüber auf die Nachfrage reagieren würde. Doch er schien sie nicht übel zu nehmen, sein Schnurrbart zitterte amüsiert.

„Zumindest ist das einer der drei Vornamen, die mir meine Mutter gegeben hat, üblicherweise werde ich allerdings mit meinem Titel angesprochen. Ich bin hier der Polizeichef."

Vielleicht war das der Grund, warum der Hilfssheriff reagiert hatte, wie er reagiert hatte.
„Entschuldigung!", sagte Mina etwas verlegen. „Wir wollten nur sichergehen. Wir kommen wegen Ben ..."
Sie ließ den Satz in der Luft hängen, offensichtlich ein Test. Minas Vertrauen war schwer zu gewinnen.
„Ah, der Junge, der bei Valentina und Juan wohnt. Ein netter Kerl. Was ist mit ihm?"
„Vielleicht nichts", sagte ich.
Wir erzählten so wenig wie möglich und so viel wie nötig.
„Es ist gut, dass ihr zu mir gekommen seid. Habt ihr ein Handy? Dann tippe ich euch meine Nummer ein."
Ich reichte ihm meines, während er mir einen Zettel hinschob.
„Schreibt mir zur Sicherheit eure Namen und eure Nummern auch noch mal auf."
Der *jefe de policía* hatte anscheinend aus Versehen den geöffneten Kontakt wieder geschlossen, denn er tippte etwas unkoordiniert auf der Tastatur herum. Ich wollte ihm gerade helfen, als er mir das Handy zurückgab.
„Wenn etwas ist, könnt ihr mich unter dieser Nummer erreichen." Er hatte sie unter *Policía* gespeichert. „Im Dorf habt ihr keinen Empfang, aber die Leiterin des Projektes hat ein Satellitentelefon. Falls die Verbindung zu schlecht ist, lasst es dreimal klingeln, legt auf, ruft noch mal an. Wenn ihr es wieder dreimal klingeln lasst, weiß ich, dass ich mit der Kavalle-

rie anrücken soll." Er zwinkerte uns zu. „Sollte ich bis morgen Abend gar nichts von euch hören, komme ich auf jeden Fall vorbei."

Ein Händedruck, wir waren entlassen und so erleichtert, dass uns nicht mal mehr der finstere Blick etwas ausmachte, den uns der schlecht gelaunte Hilfssheriff beim Rausgehen zuwarf.

Lies weiter auf Seite 016.

Der Militärposten, das automatische Gewehr über der Schulter, stieg in schweren Stiefeln die Stufen hoch. Die Stimmung im Bus veränderte sich schlagartig. Es war still, so still, als würde kaum jemand wagen zu atmen, sogar die Kinder gaben keinen Mucks von sich. Die harten Schritte des Soldaten verstummten. Er bedeutete den Leuten in der Sitzreihe vor uns, ihre Taschen zu öffnen. Die alte Frau neben mir machte sich schon bereit, als mit einem satten *Plomp* zwei der Früchte aus ihrer Tüte fielen und dem Mann vor die Füße kollerten. Er kniff die Augen zusammen, aber bevor er etwas sagen konnte, wurde er von draußen gerufen. Er hob das Obst auf, dachte aber nicht mal daran, es der alten Frau zurückzugeben. Ohne ein Wort drehte er sich um und ging. Wir durften weiterfahren.

Der Pick-up, der aus der anderen Richtung gekommen war, hatte weniger Glück. So nah an der Grenze waren die Wagen, die von dort kamen, interessanter als die, die darauf zufuhren. Nicht nur die Transitstrecke für Drogen verlief von Süden nach Norden, auch die Fluchtwege gingen in diese Richtung. Wir hatten im Vorbeifahren die Güterzüge gesehen, die aus den Grenzorten kamen und deren Dächer voll besetzt waren, mit Menschen auf der Suche nach einem anderen, besseren Leben. Vielleicht überhaupt nach einem Leben.

Daran musste ich denken, als die Leute auf einen Wink mit der Maschinenpistole von der Ladefläche kletterten.

Mina ging Ähnliches im Kopf herum, dem Stakkato nach zu schließen, das sie mit dem kleinen Löffel gegen ihre Fruchthälfte trommelte.

Der Bus nahm wieder Fahrt auf und der Pick-up verschwand in einer Staubwolke.

„Hat sich Ben noch mal gemeldet?“, fragte Mina nach einer Weile und lutschte den letzten Kern blank. Ich kramte mein Smartphone aus der Tasche und schüttelte den Kopf. Es hatte weder einen Anruf noch eine Nachricht gegeben, aber das wäre auch schwierig gewesen.

„Kein Empfang“, sagte ich. In der abgelegenen Gegend kein Wunder. „Aber er weiß ja, dass wir kommen!“

Ich freute mich riesig, Ben wiederzusehen, der jetzt schon fast ein Jahr in Mexiko war und in einem Projekt arbeitete, das eine vom Vergessen bedrohte Mayasprache dokumentierte und sich für die Rechte der indigenen Volksgruppen einsetzte.

Ausgerechnet Ben! Hätte mir in der Zehnten jemand erzählt, dass er sich mal mit alten Kulturen und Sprachen beschäftigen und vor mir wissen würde, was er wirklich machen will, hätte ich laut gelacht.

Als ich zu ihm und Mina in die Klasse kam, war er einer von vielen. Er schwamm mit dem Schwarm, mochte und tat, was alle mochten und taten. Außer Handball, Surfen und mit Freunden abhängen interessierte ihn nicht viel. Er würde Abi machen, studieren und irgendwann die Firma seiner Eltern übernehmen. Das war der Plan – bis sein Cousin Jörn mit dem Segelboot der Familie abhaute, kenterte und als verschollen galt. Bis rauskam, dass Jörn die Spendengelder für die Schule geklaut hatte, wofür jemand anderes unschuldig im Knast saß. Danach war Ben ein anderer. Einer, der nicht alles ungefragt hinnahm. Nicht einfach weitermachen wollte, als sei nichts passiert, wie seine Eltern, die nicht mal mehr über Jörn sprachen. Dass sie so taten, als sei alles in Ordnung, machte für Ben nur spürbarer, dass gar nichts in Ordnung war. Seitdem war er, sooft er konnte, überall, nur nicht zu Hause. Bei mir oder Mina, dann Schüleraustausch in Paris und auf den Kanaren, jetzt Mexiko.

Abgesehen von dem größtmöglichen Abstand zu seiner Familie gab es noch einen anderen Grund, warum Ben sich Mittelamerika ausgesucht hatte: Ein kleiner Teil seiner selbst wollte Jörn nicht aufgeben und hoffte, er habe überlebt, sei von einem Schiff aufgegabelt worden und davongekommen. Gerüchte kamen immer wieder auf. Wie üblich, wenn eine solche Geschichte durch die Presse ging, es kein Lebenszeichen, aber auch keine Beweise für den Tod gab, wollten verschiedene Leute an verschiedenen Orten jemanden gesehen haben, auf den die Beschreibung von Jörn passte. Im Hafen von Las Palmas, wo das gekenterte Boot gefunden worden war, als

Küchenhilfe auf einem Kreuzfahrtschiff, hinter einem Tresen in einer Bar in Cancun.
Nur: Jungs Anfang zwanzig mit sonnengebleichten Haaren und grauen Augen gab es so viele wie Wellen im Meer.

Lies weiter auf Seite 147.

Ben war sich sicher, dass wir die Tür nach Osten nehmen mussten, als Symbol für das Wiedergeborenwerden. Wenn die Reise durch die Pyramide den Weg aus dem Reich der Toten in ein neues Leben darstellte, lag das nahe. Wie die Sonne im Osten aus der Unterwelt aufstieg, würden wir die diesseitige Welt erreichen. So weit Bens Theorie. Wir konnten nur hoffen, dass wir die richtige Tür gewählt hatten und sie zum Ausgang führte.

„Na schön!“, sagte Mina. „Versuchen wir’s.“

Jeder von uns drückte eines der steinernen Ornamente. Mit einem knirschenden Geräusch rasteten sie ein und die Felsplatte sprang ein Stück vor. Wir zwängten sofort unsere Finger in den Spalt, doch so einfach ließ sich der massive Stein nicht bewegen.

„Auf drei!“, befahl Ben. „Eins, zwei, drei!“

Wir zogen mit aller Kraft, unsere Köpfe waren hochrot, und die Sehnen an unseren Armen traten hervor, als sich das Teil endlich bewegte und mit lautem Knirschen über den Boden schabte. Gerade rechtzeitig, denn als wir den Spalt so weit vergrößert hatten, dass wir durchschlüpfen konnten, hob Mina den Kopf und legte den Finger auf die Lippen. Ich lief leise zu der Öffnung zurück, durch die wir in den Raum geklettert waren. Noch bevor ich dort war, kehrte ich um. Die *Equis* konnten mich zwar noch nicht sehen, aber sie waren schon im Schacht, ihre Stimmen nah.

„¡Están ahí arriba!“

Sie mussten uns gehört haben. Kein Wunder, bei dem Krach.

„Sie kommen!“, flüsterte ich und schob Mina hinter Ben durch den Spalt.

„Schnell! Die Tür muss wieder zu!“ Ben stemmte sich schon gegen den Stein. „Wenn wir das schaffen, werden sie eine Weile brauchen, bis sie sie wieder aufbekommen!“

Zu dritt gelang es uns, die Steinplatte wieder in Bewegung zu setzen. Sie machte einen höllischen Lärm, aber das war egal, solange die *Equis* nicht wussten, welcher Durchgang es war und wie sie ihn wieder aufkriegten. Das letzte Stück glitt die Platte allein in ihre Verankerung zurück. Dachten wir zumindest und liefen schon los, als Mina über die Schulter zurücksah.

„Verdammter Mist!“ Mina kehrte um.

Ein kleines Geröllstück hatte sich zwischen Felslaibung und Platte verklemmt und verhinderte, dass sie schloss. Ich rannte Mina hinterher, Ben war schon um die Ecke verschwunden. Mina bekam das Steinchen nicht heraus, die Platte war einfach zu massiv. Mit meinem ganzen Gewicht lehnte ich mich dagegen und schaffte es, den Druck so weit zu vermindern, dass Mina das Geröllstück wegkicken konnte. Das Letzte, was wir durch den Spalt sahen, war, wie sich die Steinscheibe über der Öffnung bewegte.

Rumms! Die Felsplatte rastete ein.

„Hoffen wir, dass sie nicht in letzter Sekunde gesehen haben, welcher Durchgang es war“, keuchte Mina, während wir Ben einzuholen versuchten, „dann werden sie eine Weile brauchen, bis sie rausfinden, wie wir verschwinden konnten.“

„Es sei denn, sie haben K'in dabei. Er kennt sich mit diesem ganzen Maya-Kram mindestens so gut aus wie Ben!“

Mina sagte nichts mehr, sie wusste, dass ich recht hatte.

„Wo bleibt ihr denn?“, fragte Ben, der hinter der nächsten Ecke auf uns wartete und gar nicht mitbekommen hatte, was passiert war.

„Wir hatten vergessen, das Durchgang-verboten-Schild aufzuhängen.“ Dass Mina selbst in so einer Situation ihren Humor nicht verlor, war einer der Gründe, warum ich sie so toll fand.

Wir hasteten weiter, kamen aber immer schlechter voran. Die Decke wurde niedriger, der Gang schmaler und es fiel kaum noch Licht hinein. Der Leuchtstab flackerte matt, nicht mehr lange und er würde ganz verlöschen. Schon jetzt sahen wir kaum die Unebenheiten auf dem Boden. Ben warnte uns, wenn ein Loch im Boden war oder ein Stein im Weg lag. Trotzdem stolperten wir alle mehr als einmal.

„Bist du dir wirklich sicher, dass wir richtig sind?“, fragte ich Ben. „Der Weg führt zwar nach oben, aber sonst sieht's nicht unbedingt danach aus, als würden wir der Sonne oder einem neuen Leben oder was auch immer entgegenlaufen.“

Ben hob bloß die Schultern. „Was heißt sicher? Wenn ich danebengelegen habe und der Durchgang nicht der nach Osten war, sind wir wahrscheinlich falsch. Aber was hilft uns das? Zurück können wir nicht, die *Equis* haben bestimmt einen Posten dagelassen."
„Weiter kommen wir aber auch nicht", sagte Mina. „Dahinten scheint Schluss zu sein."
Tatsächlich sah es so aus, als wären wir in einer Sackgasse gelandet. Aber als wir vor der Wand am Ende des Ganges standen, war klar, dass es sich wieder um eine optische Täuschung handelte. Die Wand war keine Wand im eigentlichen Sinn, sondern bestand aus zwei Mauerteilen, die so hintereinandergebaut waren, dass der Durchgang zwischen ihnen nicht zu sehen war, genau wie bei dem Eingang in die Stadt. An der Mauerkrone war ein Fries, der allerdings sehr verwittert war.
„Das könnte das Zeichen für Höhle sein", sagte Ben. „Und das bedeutet Sonne." Er zeigte auf den abgebröckelten Stein daneben. „Aber das Symbol für Sonne kommt sowohl in der Hieroglyphe für Osten als auch in der für Westen vor."
„Ob wir richtig oder falsch sind, finden wir nur raus, wenn wir nachschauen." Mina quetschte sich durch den Spalt. „Gib mir mal den Leuchtstab, bevor das Ding ganz ausgeht."
Sie tauchte durch eine niedrige Öffnung in der eigentlichen Wand ab und gleich wieder auf. „Wie war das? Die Farbe für Westen ist Schwarz? Dann sind wir wohl im Westen gelandet."

„Shit!“ Ben zwängte sich hinter Mina durch die Öffnung im Fels und ich hinter Ben.

Wir standen in einem schwarz ausgemalten Raum, der das schummrige Licht des Leuchtstabs fast komplett schluckte, aber groß und hoch sein musste, denn unsere Stimmen hallten.

„Das ist nicht gut“, murmelte Ben.

„Aber vielleicht können wir uns hier vor den *Equis* verstecken, bis sie aufgeben, nach uns zu suchen“, schlug ich vor. „Der Raum scheint riesig zu sein – und selbst wir haben den Gang für eine Sackgasse gehalten.“

„Stimmt!“ Zumindest Mina ging auf meinen Versuch, die Stimmung hochzuhalten, ein. „Außerdem wissen sie nicht, welchen Gang wir genommen haben.“ Wir tauschten einen Blick. „Hoffentlich ...“

Ben hörte gar nicht richtig zu. „Hm. Leuchte mal hierhin.“

Mina drehte sich zu ihm. An der Wand direkt links von ihr blitzte das Weiße eines aufgerissenen, blutunterlaufenen Auges auf.

„Arrgh! Was ist denn das?“ Mina machte einen Satz zurück, aber so sahen wir gar nichts mehr.

Vorsichtig wagte sie sich wieder näher heran. Ein Kopf mit grotesk verzogenem Maul, spitzen Zähnen und Ohren löste sich aus den Schatten, umrahmt von aufgefalteten Flügeln, die in gekrümmten Klauen endeten. Weiß und Rot waren mit groben Strichen Augäpfel aufgemalt, andere wölbten sich als steinerne Halbkugeln vor und glitzerten im schwachen Schein des Leuchtstabes.

„Die Mörderfledermaus!", rief Ben. „Die letzte Prüfung. Wir sind doch richtig!"

Ich fragte mich schon, ob Ben das alles so zusetzte, dass er wirres Zeug zu reden begann, als mir die Legende der Zwillinge wieder einfiel. Leider erinnerte ich mich auch sofort an die Geschichte mit dem abgebissenen Kopf und ich zog meinen unwillkürlich zwischen die Schultern.

„Fackeln ...", murmelte Ben. „Sie bekamen Fackeln." Mina hob den Leuchtstab etwas höher und schritt die Wand ab.

„Da ist eine!", rief Mina.

„Auf der Seite auch!", sagte Ben, der sich in die andere Richtung vorgetastet hatte.

„Jetzt müssen wir sie nur noch ankriegen." Es tat mir leid, dass ich die Euphorie wieder dämpfte, aber eine Fackel, die wir nicht anzünden konnten, würde uns nicht viel nutzen.

„Sucht den Boden nach Katzengold und Feuersteinen ab!" Ben ließ sich auf die Knie runter. „Davon gibt's hier jede Menge."

Wie oft hatten wir am Strand nach Hühnergöttern gesucht, Feuersteinen, mit einem durchgehenden Loch darin. Die weiß ummantelten, innen glasig bräunlichen Steine würden wir auf Anhieb erkennen, genau wie Katzengold.

Leider konnten wir kaum etwas sehen und nach einem Dreißig-Zentimeter-Radius war damit ganz Schluss. Also tasteten wir den Boden blind ab. Wobei ich etwas Warmes, Festes und sehr Lebendiges griff.

„He, das ist mein Bein!“, beschwerte sich Mina, gerade noch rechtzeitig, bevor ich mich blamierte.

Trotzdem krabbelte so einiges über unsere Finger, aber wir bissen die Zähne zusammen und gaben nicht auf.

„Ich hab einen Feuerstein!“, rief Mina schließlich.

Fehlte nur noch das Katzengold. Jeder kennt die oft kleinen Geröllsplitter, die in der Sonne golden glitzern, aber kaum einer weiß, dass sie es eigentlich sind, die die Funken schlagen, weil sie aus Eisen und Schwefel bestehen. Das war eines der Dinge, die ich – neben dem Wellenreiten – an unseren langen Tagen und Abenden am Strand gelernt hatte. Unsere ehrgeizigen Versuche, auf die altertümliche Art ein Feuer zu entfachen (einfach aus dem Grund, dass niemand von uns Chaoten ein Feuerzeug mithatte), waren aber nur mäßig erfolgreich gewesen.

„Hier ist irgendwelches uraltes getrocknetes Pflanzenzeugs. Das brennt bestimmt wie nix!“, rief Ben. „Und eine Tonschale. Vielleicht ist da was zum Anzünden drin.“ Er griff nach der Schale. Sie war leer. „Mist! Wir brauchen irgendwas, aus dem wir ein paar Funken kriegen. Ein Taschenmesser hat niemand, oder?“

Ich blieb mit meiner Hand an irgendeiner Felskante hängen und riss mir die Riesenblase an der Innenfläche meiner Hand auf. Shhhit!!!

„Klar!“, sagte ich durch die Zähne. „Das haben uns die *Equis* selbstverständlich zurückgegeben.“
„Hätte ja sein können, dass sie es nicht gefunden haben!“
Mit dem stetig abnehmenden Licht sank auch unsere Laune. Ich wusste, es war unfair, trotzdem musste ich daran denken, dass wir nur wegen Ben und seiner verdammten Neugier in dieser beschissenen Situation waren und noch nicht mal wussten, warum er eigentlich hinter den *Equis* herspioniert hatte. Meine Hand und meine aufgeschürften Knie, auf denen ich im Dunkeln herumkrabbelte wie ein Idiot, brannten wie die Hölle, irgendwas bewegte sich unter meinen Fingern, ein ekliger Wurm oder eine Assel oder so was. Schnell zog ich sie weg. In der Wunde wollte ich so ein Vieh nicht haben.
„Verflucht! Die Handfesseln waren aus Eisen! Das hätte auch funktioniert.“
Ich hörte auf, auf dem Boden rumzutasten. Was redete Ben für einen Blödsinn?! „Wäre auch ein Kinderspiel gewesen, die ganze Strecke mit der hinterherschleifenden Kette zurückzulegen. Mal abgesehen von dem Stein, der dranhing!“
„Nicht streiten, Jungs! Vielleicht geht's damit!“ Mina hatte ihren Rucksack abgenommen, hockte vor der Schale, in die sie das getrocknete Pflanzenzeug gelegt hatte, und schlug mit dem Feuerstein auf die gebogene Metallschiene zwischen den Hüftpolstern.
„Super Idee!“, sagte Ben.

Dachte ich auch.
Aber es funktionierte nicht.
Der Leuchtstab glimmte nur noch. Bald würde er verloschen sein und wir würden im Dunkeln sitzen, bis wir aufgaben oder die *Equis* uns fanden.
Da fielen mir die vielen Augäpfel ein, von denen manche im Licht geglitzert hatten. Viel mehr als andere. „Wir sind so blöd!“ Ich schnappte mir den Leuchtstab und lief zur Wand.
Ich hatte mich nicht geirrt: In manche war Katzengold eingelassen. Diese Augäpfel waren auch nicht aufgemalt, sondern ragten reliefartig hervor, und als ich danach griff, ließen sie sich relativ leicht von der Wand lösen. Ich zog den ersten heraus. Plötzlich rumpelte etwas über mir, und ich konnte gerade noch zur Seite springen, als der steinerne Fledermauskopf nach unten stürzte und genau da auf den Boden prallte, wo ich eben gestanden hatte. Das hätte mich meinen Kopf kosten können.
Während ich mit weichen Knien neben Ben und Mina hockte, versuchten die beiden, aus dem Katzengold Funken zu schlagen. Mittlerweile saßen wir in völliger Dunkelheit. Endlich blitzte es rötlich auf.
„Ja, noch mal!“, feuerte Ben Mina an und hielt das getrocknete Pflanzenholz näher, jedenfalls nach dem Rascheln zu urteilen. Ich hatte schon fast aufgegeben, als es Mina tatsächlich gelang, den Zunder in Brand zu setzen.

„Schnell, die Fackel!“, sagte Mina zu Ben.
Mittlerweile hatte mein Pessimismus die Überhand gewonnen, und ich bezweifelte, dass das alte Ding brennen würde, aber nach ein paar Sekunden fing die Fackel an zu glühen. Die zweite entzündeten wir an der ersten und konnten endlich weiter sehen als einen halben Meter. Der ganze Raum war tiefschwarz grundiert. An den Seitenwänden waren Szenen der Legende und verschiedene Schriftzeichen aufgemalt. Nur die Wand, die direkt gegenüber dem Relief der Mörderfledermaus lag, war bis auf dünne, weiße Linien, die diverse Einkerbungen miteinander verbanden, kahl. In dem heruntergefallenen Kopf, der mich fast erschlagen hatte, entdeckten wir dazu ein Papyrus, das zusammengerollt in einem Hohlraum steckte.
Bens Augen leuchteten auf, doch auf dem Papyrus war nur eine einzige Hieroglyphe.
„Was bedeutet sie?“, wollte ich wissen.
„Stern“, antwortete er.
„Und was soll uns das jetzt sagen?“, fragte Mina.
Ben zuckte mit den Schultern. „Keine Ahnung!“
„Na toll!“, sagte ich. Wäre ja auch zu schön gewesen!
Die Fackeln brannten schneller herunter, als uns lieb war, deswegen löschten wir eine im Sand, damit wir nicht im Dunkeln standen, bevor wir wussten, wie wir hier rauskamen. In der absoluten Finsternis dieses Raumes hatten wir das Zeitge-

fühl verloren, aber seit wir aus den Zellen geflüchtet waren, mussten Stunden vergangen sein, und unsere Nerven lagen blank. Wir stritten uns darüber, was genau zu tun war, und ich war nahe dran, den Fledermauskopf einfach gegen die Wand zu werfen. Es hätte gutgetan, ihn in tausend Stücke zerspringen zu sehen. Ich drehte ihn in der Hand, als mir auffiel, dass seine runde Rückseite komplett mit Katzengold überzogen war. Sie glitzerte im Licht. Wie ... wie ...

„Ben, leuchte mal an die Rückwand!"

Von meinem plötzlichen Stimmungswechsel überrascht, tat Ben genau das.

„Diese Vertiefungen in der Wand! Die sind fast wie ... ein Negativ zu dem Relief!"

„Du hast recht!" Mina lächelte eines ihrer eher seltenen Lächeln.

Mit neuem Elan suchte ich nach einer Einbuchtung, die die Größe des Kopfes hatte und drückte ihn so hinein, dass die glänzende Seite zu uns zeigte. „Sieht das nicht aus wie ein Stern?" Ich deutete auf das Papyrus in Bens Hand und dann auf die Linien an der Wand, die verschiedene Vertiefungen miteinander verbanden. „Könnte es vielleicht um Sternbilder gehen?"

„Na klar!" Ben klopfte mir voller Überschwang auf die Schulter. „Um das Sternbild der Fledermaus!"

Minas Augen leuchteten. „Und du weißt, wie es aussieht?"

Ben schüttelte den Kopf. „Nur, dass es in etwa unserem Wassermann entspricht“, sagte er. „Aber ich hab keine Ahnung, wie der aussieht oder wo er erscheint.“

„Ich kenne auch nur den Großen Wagen und die Kassiopeia, mehr nicht.“

„Gut, dass ihr mich habt!“ Ben und Mina sahen mich perplex an. „Du kennst dich mit Sternbildern aus?“, fragte Mina, als sei das total abwegig.

„Besser als ihr“, sagte ich. „Zumindest weiß ich, dass der Wassermann ein Sternbild des Südhimmels ist und bei uns selten zu sehen. Und den Rest krieg ich raus.“ Damit zog ich den Sternenführer aus dem Rucksack, den ich eingesteckt, aber schon fast wieder vergessen hatte.

Einen Sternführer brauchst du jetzt auch. Findest du ihn, dann bekommst du einen Tipp, wie es weitergeht.

Denke daran, vorher deine Decodierstreifen wieder in die richtige Reihenfolge zu bringen!

„Okay, langsam umdrehen und nicht nach oben sehen! Die Augen bleiben schön auf den Boden gerichtet!"
Das wurde in einem eigenwilligen Gemisch aus mexikanischem Spanisch und Englisch gesagt, sodass ich einen Moment brauchte, bis mein Körper umsetzte, was mein Gehirn meldete. Ich zwang meinen Blick nach unten, sah aber aus den Augenwinkeln, dass es mehrere Männer waren. Jeder von ihnen schien bewaffnet zu sein. Neben den dicken Schnürstiefeln glänzte der eine oder andere Gewehrlauf – wenigstens waren die nicht *alle* auf uns gerichtet. Mina und ich taten genau, was wir sollten. Wenn einer der *Equis* auch nur den Verdacht hätte, dass wir ihn wiedererkennen würden, könnten wir wahrscheinlich gleich unser Todesurteil unterschreiben. Ich bekam einen Stoß in den Rücken und beeilte mich, vorwärtszukommen. Die Mauer machte einen Knick, und wie wir vermutet hatten, war an der Stirnseite ein Durchgang. Ein gut begehbarer Weg führte direkt auf die Pyramide zu.
„Los, schneller!"
Ich spürte den Lauf eines Gewehrs in meinem Rücken, anscheinend sollten wir nicht zu genau sehen, was rechts und links neben dem Eingang gestapelt war: in weiße und grüne Plastikfolie verpackte Pakete. Pakete, die genauso aussahen wie die, die gestern an einer versteckten Stelle des *Usumacinta* in ein Boot geladen worden waren.

An Minas kaum wahrnehmbarem Stocken merkte ich, dass sie ebenfalls erkannt hatte, bei was wir die *Equis* hier gestört hatten.
Als ich von dem gleißenden Sonnenlicht draußen in den Schatten des steinernen Eingangs trat, sah ich für einen Moment überhaupt nichts mehr.
„Kopf einziehen und runter da!"
Der Lauf des Gewehrs dirigierte mich mächtige Steinstufen hinunter. Unsere Schritte hallten von den Felsen wider, aber wenn ich nicht völlig falschlag, folgten uns nur zwei der *Equis* die Stufen hinab, die anderen blieben oben zurück.
Am Fuß der Treppe lagen mehrere Kammern, in die nachträglich Stahltüren eingebaut worden waren. Ein Arm griff an mir vorbei und öffnete eine davon.
„Los, rein!"
Wir waren wieder nicht schnell genug und wurden in eine Felskammer gestoßen, die niedrig, aber insgesamt größer war, als ich vermutet hätte. Die Wände waren nur teilweise behauen, wuchtig wölbte sich uns der Stein entgegen, der im hinteren Teil fast den Boden berührte.
„Rucksäcke runter und Hände an die Wand!", kam der nächste Befehl.
Kurz darauf schlossen sich eiserne Fesseln um mein rechtes und Minas linkes Handgelenk. Sie waren an einer rostigen Kette miteinander verbunden, die durch einen Ring an der

Decke lief. Ich hatte eigentlich nicht hinschauen wollen, aber es durch den Zug am Arm nach oben doch getan. Von der Decke hingen mehrere solcher Fesseln. Es kroch mir eiskalt die Wirbelsäule hoch.

„Tja, wir haben öfter Gäste hier! Ist also alles für euch vorbereitet." Das raue, abgehackte Lachen machte es nicht besser, ich spürte, wie sich die kleinen Härchen in meinem Nacken aufstellten.

„Durchsuchen!"

Der Befehl galt nicht uns. Wir wagten es nicht, uns zu rühren. Der zweite *Equis*, der bis jetzt keinen Ton gesagt hatte, näherte sich mir und klopfte mich ab. Jede Muskelfaser in meinem Körper war angespannt – noch mehr, als Mina an der Reihe war. Ich schloss meine Hand um die Kette über der Handschelle, am liebsten hätte ich sie den *Equis* um den Hals geschlungen und zugezogen, aber mit großer Sicherheit hätten sie mir eins mit dem Gewehrkolben verpasst oder mich gleich erschossen, bevor ich mich auch nur umgedreht hätte. Trotzdem hätte ich es versucht, wenn sie Mina zu nahe gekommen wären. Sie hatte, glaube ich, ähnliche Gedanken, ihre Hand umklammerte die Kette so fest, dass ihre Fingerknöchel weiß hervortraten, und ich hörte, wie ihre Kieferknochen aufeinander mahlten. Aber soweit ich aus den Augenwinkeln sehen konnte, war es ein flüchtiges Abtasten. Das war schlimm genug, aber wenigstens nutzte der Scheißkerl es nicht aus.

Wir hörten, wie unsere Rucksäcke vom Boden aufgehoben wurden. Ich spürte Mina neben mir zittern, vor Angst oder vor Kälte oder beidem. (Mir ging es nicht anders.)
Da der Raum unterirdisch lag und Licht nur durch das Gitter der Stahltür und durch einen schmalen Schacht im Felsen fiel, war es sehr kühl, was durch den Gegensatz zur Hitze draußen umso deutlicher war.
„Könnten ... könnten wir vielleicht unsere Pullis behalten?" Ich versuchte, meiner Stimme einen halbwegs festen Klang zu geben.
„Was, auch noch Forderungen stellen? Normalerweise ist das unser Job! Du kannst froh sein, dass du noch lebst!" Wieder dieses Lachen, keine Ahnung, was der Kerl so lustig fand. „Aber mal sehen, wenn ihr schön brav seid, überleg ich mir das vielleicht. Eure Handys?"
„Vordere Tasche", sagte ich.
„An der Seite", sagte Mina.
„Was ist sonst noch drin?"
„Wasser, was zu essen, Mückenzeug, die Pullis, Karten, zwei Bücher, bei mir noch ein Taschenmesser. Auch vorn", erklärte ich wahrheitsgemäß.
„Und?" Die Frage galt nicht mir, sondern dem zweiten *Equis*, der unsere Rucksäcke kontrollierte.
„Stimmt!"
„Braves Kerlchen!" Das war wieder an mich gerichtet, der Rest

an Nummer zwei. „Okay, nimm die Handys, die Karten und das Taschenmesser mit, den Rest lassen wir ihnen. Ist doch gut, wenn sie ihre eigenen Vorräte mitgebracht haben. Weniger Arbeit für uns." Dieses Lachen war mir schon jetzt verhasst.
Die Rucksäcke wurden auf den Boden zurückgeworfen.
„Nicht so nah." Der Typ war ein Sadist!
Die Tür schlug zu, wir waren allein. Nach ein paar Sekunden wagten wir, uns umzudrehen. Die Augen hatten sich mittlerweile an das Dämmerlicht gewöhnt. Unsere Rucksäcke lagen in so großem Abstand, dass ich nicht sicher war, ob wir überhaupt drankommen konnten.
Jetzt bemerkte auch Mina, dass mehrere Ringe mit Ketten an der Decke angebracht waren. Sie zog scharf die Luft ein, und obwohl sie alles tat, um ruhig zu bleiben, spürte ich, dass sie kurz davor war, zusammenzuklappen. Wie sie war ich nach der ganzen Anspannung völlig runter mit den Nerven, es fehlte nur noch der berühmte letzte Tropfen. Ich schlang meinen freien Arm um Mina und sie ihren um mich, die Kette rasselte, aber immerhin gab sie uns genügend Spiel. Ich spürte Minas Herz gegen ihre Rippen schlagen, langsam beruhigte es sich, wie meines. Total erschöpft ließen wir uns auf den Boden sinken.
„Was jetzt?", fragte Mina so leise, dass ich sie kaum verstand.
Es hatte zwar so geklungen, als seien unsere Bewacher die Stufen hinaufgegangen, aber lieber kein Risiko eingehen, da waren wir uns einig.

„Raquel weiß, wo wir hinwollten, und Pedro wird die Kavallerie schicken, wenn er bis heute Abend nichts von uns hört. Die finden uns!“, antwortete ich so zuversichtlich wie möglich, aber selbst in meinen Ohren klang es kläglich.
Mina nickte zwar, aber ich wusste, dass sie das Gleiche dachte wie ich: Selbst wenn Pedro sich noch heute Abend mit ein paar Leuten auf den Weg machen würde, selbst wenn Raquel wusste, wo wir hinwollten, selbst wenn es K'in gelungen war, unbemerkt zum Boot zu gelangen und zurückzupaddeln – vor morgen früh würde niemand hier sein können.
„Wir müssen unbedingt die Nacht überstehen!“, flüsterte Mina. „Wenn sie also nicht sowieso Lösegeld für uns erpressen wollen, müssen wir sie auf die Idee bringen. Dann haben wir vielleicht eine Chance.“
Da war sie wieder, Mina, wie ich sie kannte und liebte (ja, verdammt!) – und gleich ging es mir besser.

Lies weiter auf Seite 112.

Valentina lief vor uns her quer durch den Garten auf eine der äußeren Hütten zu, hinter denen sich die ersten Urwaldbäume erhoben.

„Juan kommt leider erst in zwei Tagen von seiner Tour zurück. Sonst könnte er euch zu Ben bringen. Aber wir finden auch so einen Weg.“ Valentina ging die Stufen hoch und zog den Schlüssel für eines der einfachen Vorhängeschlösser, mit denen die *Cabañas* verriegelt waren, aus ihrer Jeanstasche, ließ die Hand aber kurz darauf sinken. Die Tür stand einen Spalt auf. „Ben hat anscheinend vergessen, abzuschließen!“

Sie stieß die Tür auf. Ich betrat hinter ihr und Mina die Hütte, blieb jedoch genauso unvermittelt stehen wie sie.

Soviel ich bei dem dämmrigen Licht über die Schultern der beiden sehen konnte, hatte Ben ein ganz schönes Chaos hinterlassen. Sein Bett war zerwühlt, die Schubladen der Kommode standen offen, und auf dem Boden lagen Klamotten und Papiere.

„Ben hatte es wohl verdammt eilig!“ Ich ließ meinen Rucksack auf den Boden plumpsen. Ben war ein Chaot wie ich, aber selbst mein Zimmer sah nicht so aus.

„Allerdings!“ Valentina schob den Bambusladen des Fensters zur Seite, das nur aus einem Stück Moskitonetz bestand, und ließ das Nachmittagslicht herein. Sie schaute sich nicht gerade begeistert um.

„Ich weiß nicht ...“ Mina lehnte ihren Rucksack an die Wand und hob mehrere Papiere und Bücher vom Boden auf, die zerknickt oder eingerissen waren. „Dass seine Klamotten auf dem Boden liegen, wundert mich nicht, aber seine Notizen? Und das hier?!“ Sie hielt mir einen Bildband über die Maya hin, der ziemlich wertvoll aussah.

„Vielleicht hat er etwas gesucht?“ Valentina stieg über den Klamottenberg und griff nach dem zerknüllten Leintuch, das als Bettdecke diente. „Ihr wisst gar nicht, wie die Zimmer manchmal aus... Aahh!“

Mina und ich ließen vor Schreck alles fallen, was wir gerade aufgehoben hatten. Valentina stand da, das Laken an sich gepresst, und sah auf die Matratze. Darauf lag einer der kleinen, grünen Papageien. Als sie ihn anhob, fiel sein Kopf schlaff zur Seite. Sein Genick war gebrochen. „Er muss sich durch den Spalt in der Tür hier herreinverirrt haben und nicht mehr rausgekommen sein.“ Valentina seufzte. „Ich schaff ihn mal raus. Wollt ihr vielleicht lieber in eine andere *Cabaña*?“

„Von mir aus muss das nicht sein“, sagte ich und hob die Papiere und den Sternenführer wieder auf, die jetzt noch zerfledderter aussahen als vorher.

Auch Mina schüttelte den Kopf. „Wir räumen hier ein bisschen auf, dann geht das schon.“

Valentina nickte und raffte mit der freien Hand den Rest der Bettwäsche zusammen.

Mina bückte sich und zog etwas hinter der Kommode hervor. „Ich bin mir nicht sicher, ob wirklich Ben das Chaos hinterlassen hat“, sagte sie, kaum war Valentina zur Tür raus. „Es wurde alles durchwühlt. Und von den Fotos, die hier hingen, wurden einige abgerissen.“ Mina deutete auf die Wand, an der mit Reißzwecken ein paar Schnappschüsse angepinnt waren. Unter anderem einer von Ben mit einem der Papageien auf der Schulter. Dazwischen waren Lücken, an einer vereinzelten Reißzwecke hing noch eine Ecke. „Das habe ich gerade hinter der Kommode gefunden.“ Sie hielt mir den abgerissenen Teil eines Fotos hin. Darauf war ein schwarzer Geländewagen mit getönten Scheiben zu sehen, hinter der geöffneten Tür stand eine verschwommene Gestalt mit dunkler Sonnenbrille, die Kapuze über der Basecap tief ins Gesicht gezogen. Das Bild war so grobkörnig, dass nicht mal zu erkennen war, ob das am Rand der Sonnenbrille eine Lichtreflexion, ein Pixelfehler oder ein helles Haarbüschel war.

„Du meinst, Ben steckt in Schwierigkeiten?“, fragte ich.

„Das würde auf jeden Fall seinen plötzlichen Aufbruch erklären.“

Ich sah zum Bett, wo eben noch der Papagei mit dem gebrochenen Genick gelegen hatte. „Und der Vogel? Zufall oder ...?“ Ich wollte den Gedanken gar nicht zu Ende denken. Vielleicht sah ich auch bloß zu viele Serien.

Mina hob die Schultern. „Kann schon sein, dass er durch die offene Tür reingekommen und in Panik irgendwo gegengeflogen ist. Oder dass Ben die Fotos selbst abgerissen hat. Aber ...“

„Aber das glaubst du nicht."
Mina schüttelte den Kopf. „Und selbst wenn ..." Sie musste den Satz nicht beenden, ich wusste auch so, was sie sagen wollte.
„Wir brauchen Bens Brief!" Ich wollte los, um Valentina zu suchen, doch sie kam schon zurück, ein schmales Buch in der Hand, in dem ein Umschlag steckte.
„Das lag zwischen Papieren an der Rezeption." Sie gab mir beides und machte sich daran, die Betten neu zu beziehen. „Ich hab auch jemanden gefunden, der euch morgen mitnimmt. Zumindest in die Nähe. Ich versuche nachher, die Projektleiterin zu erreichen, damit sie Bescheid weiß und Ben euch entgegenkommen kann."
Mina und ich setzten uns draußen auf die Stufen der *Cabaña*, und ich zog den Brief aus dem schmalen Band über den Schatz der Inka. Eigentlich war es weniger ein Brief als die Skizze einer Tempelanlage oder so was, auf die ein paar Zeilen gekritzelt waren:

Hallo ihr zwei,
ich konnte nicht warten. Hab da was entdeckt. Vielleicht „nur" eine vergessene Stadt. Vielleicht mehr. Wenn ihr mich nicht im Dorf findet und auch sonst nichts von mir hört, geht zur Polizei. Fragt nach Pedro. Redet mit niemandem sonst.
Ben
PS: Ich hab ein, zwei Dinge für euch dagelassen.

Das war's. Auf der Skizze zeigte ein Pfeil auf einen Eingang oder eine Lücke in der Mauer, eine andere Stelle war mit einem Kreuz markiert.

Mina wendete das Blatt, aber die Rückseite war leer. „Ich versteh's nicht. Auch nicht, was das Ganze mit dem Buch hier zu tun hat. Bis jetzt hat Ben doch immer nur von den Maya gesprochen!"

Ich konnte mir das auch nicht erklären. Der schmale Band war schon älteren Datums und bezog sich auf eine ganz andere Gegend. Ich blätterte ihn Seite für Seite durch und schaute mir sogar den Umschlag an, doch der „Schatz der Inka" von dem Professorenpaar Brand, sah völlig unberührt aus. Kein versteckter Zettel, keine unterstrichenen Sätze, nicht mal ein umkringelter Buchstabe.

„Verdammt, da ist nichts. Aber das Buch muss doch was bedeuten."

„Aber was?!"

Wir sahen wieder auf den Band und das Blatt. Viel schlauer waren wir nicht, nur das mulmige Gefühl war stärker geworden. Ich dachte an den Vogel mit dem gebrochenen Genick. Was, wenn es doch eine Warnung war? Und wenn jemand hinter dem her war, was Ben entdeckt hatte? Dann wunderte es mich nicht, dass sein Brief so vage war.

„Ein, zwei Dinge! Das kann alles Mögliche sein!" Mina blies sich eine störrische Haarsträhne aus der Stirn.

„Dann sollten wir besser anfangen zu suchen." Ich drückte mich von den Treppenstufen ab, hielt Mina die Hand hin und zog sie hoch.

Dass Valentina dabei war, das winzige Bad der *Cabaña* sauber zu machen, nutzten wir, um Bens Sachen durchzugehen, wobei wir taten, als räumten wir bloß auf. Aber wir schauten auf jedes Blatt und in jedes Buch (bis auf das eine handelten alle von den Maya), schüttelten jedes T-Shirt aus und untersuchten jede Schublade, bevor wir Bens Zeug wieder hineinlegten. Nichts. Nichts, was uns weitergebracht hätte. Wir lasen den Brief ein drittes und ein viertes Mal, aber das half auch nicht.

„Wow, ihr habt ja schon alles in Ordnung gebracht." Valentina kam mit dem Putzeimer aus dem Bad. „Und, was schreibt Ben?"

„Nichts Besonderes. Nur, dass er ein paar Dinge für uns dagelassen hat", antwortete ich so beiläufig wie möglich, steckte den Brief wieder in das schmale Buch und beides in die Gesäßtasche. „Du weißt nicht zufällig, was?"

„Hm." Valentina runzelte die Stirn. „Vielleicht irgendwas an Ausrüstung, was ihr für euren Urwaldtrip gebrauchen könnt?" Sie ging Richtung Tür. „Schaut doch mal im Schuppen." Sie zeigte auf einen kleinen Anbau neben dem Haupthaus. „Da bewahren alle, die länger bleiben, ein paar Sachen auf." Sie stellte den Eimer ab und löste einen Schlüssel von ihrem Bund. „Bringt ihn mir nachher einfach wieder."

Der Schuppen war geräumiger, als er von Weitem aussah, und voller Regale, in denen sich alles Mögliche stapelte. Kisten, Taschen, Campingkram, Werkzeug. Manche Regalfächer waren beschriftet, andere nicht.

„Konnte Ben nicht etwas genauer sein?“, stöhnte Mina. „So können wir ja ewig suchen!“

„Zeig noch mal den Brief“, sagte ich. „Irgendeinen Hinweis muss es geben!“

Stimmt. Aber er ist nicht im Brief. Der „Schatz der Inka“ hilft dir weiter. Ben hat ihn tatsächlich nicht ohne Hintergedanken zurückgelassen. Du hast zwar kein Buch gleichen Namens, aber ein Buch. Schau es dir ganz genau an. Findest du den Schatz der Inka? (Schätze bestehen nicht immer aus Gold und Edelsteinen ...)

Mina und ich standen auf dem Steg, hinter uns der Fluss, vor uns das Dickicht aus Sträuchern, Lianen und meterdicken Urwaldriesen, deren Wurzeln über unsere Köpfe hinausragten. Es war ganz still und gleichzeitig alles andere als das. Weder Vogelgezwitscher noch das Gebrüll der Affen war zu hören, aber Insekten summten und irgendetwas raschelte durch die trockenen Blätter am Boden.

Wir sahen uns etwas ratlos an. Dass wir allein durch den Urwald bis zum Dorf laufen mussten, hatten wir nicht erwartet, selbst wenn der Weg nicht allzu lang war.

Wir schulterten unsere Rucksäcke und liefen los, durch einen grünen Tunnel an verschlungenen, mit Flechten bewachsenen Ästen, über Wurzeln, die armdick quer über den Weg liefen und natürliche Stufen bildeten. Das Dickicht rückte näher, und der ansteigende Weg wurde von mehreren Rinnsalen gekreuzt, die über breite Steinplatten liefen, sodass wir nicht mehr ganz sicher waren, wo es weiterging.

Ich drehte mich im Kreis, als Mina mit einem erschrockenen Ausruf mehr oder weniger auf mich draufsprang. Ich wandte mich um – und konnte mich nur gerade so davon abhalten, wie Mina einen Satz rückwärts zu machen. „Was zur Hölle ...?!“

Vor uns stand ein junger Typ: schwarzes Nirwana-T-Shirt, schwarze Basecap, lange, rotblonde Haare – und eine Machete in der Hand.

„*¿Luca y Mina?*“, fragte er.
Wir nickten bloß.
Er wechselte die Machete von einer Hand in die andere und reichte uns die frei gewordene. „K'in“, sagte er, und da wir fragend schauten, zeigte er flüchtig von seinen Haaren auf die Lichtstrahlen, die am späten Nachmittag schräg durch das Blätterdach fielen und warmrote Muster auf den Boden malten. „Bedeutet Sonne.“ Seine Augen lachten.
Mir stand die Überraschung wahrscheinlich ins Gesicht geschrieben. Aber nach den Erzählungen über das Dorf und die Nachfahren der Maya, die eine von Generation zu Generation überlieferte Lebensweise aufrechterhielten, hatte ich mir alle mit wehenden schwarzen Haaren und in traditionellen Gewändern vorgestellt. Erwischt.
Da unser Schweigen schon viel zu lange dauerte, stotterte ich irgendetwas davon, dass ich Nirwana schon immer gemocht hatte, und mit einem Mal fanden Mina und ich uns mitten in einer hitzigen Debatte über die besten Grunge-Songs aller Zeiten wieder. Wir vergaßen fast, wo wir waren, und achteten nicht auf den Weg. Wir liefen einfach nach rechts oder links, wenn K'in rechts oder links sagte, und kümmerten uns nicht weiter darum, was um uns herum war. Das ging gut, bis ich mitten in der Fachsimpelei über die tiefsinnigsten Texte in eine Liane trat, die sich als echte Fußfessel herausstellte. Ich stolperte und streckte die Hand aus, um mich an einem umge-

fallenen Baum abzustützen, als direkt vor mir K'ins Machete mit einem Sirren im Stamm stecken blieb.

Erschrocken riss ich die Hand zurück. Genauso erschrocken bog auf der anderen Seite der Machete eine Schlange vor dem unerwarteten Hindernis ab. Auf der gesprungenen Rinde zwischen den noch grünen Zweigen hatte ich sie nicht gesehen.

„Sie mögen es nicht, wenn man sie anfasst", sagte K'in, als würde er mir abraten, irgendein niedliches Schoßtier zu streicheln. „Dann beißen sie schon mal." Er zog die Machete aus dem Stamm, während die Schlange im Unterholz verschwand. „Ist giftig."

Für den Rest des Weges schaute ich sehr genau, wo ich hintrat.

Lies weiter auf Seite 030.

Wir hasteten vorwärts, mittlerweile führte auch dieser Gang aufwärts und schraubte sich schließlich wie eine Schnecke nach oben. Je weiter wir kamen, desto enger zogen sich die Wände zusammen, in die behelfsmäßige Stufen gehauen waren, die wie eine Wendeltreppe nach oben führten. Wir kletterten, so schnell wir konnten, hinauf, wobei jeder von uns mindestens einmal abrutschte und sich das Knie oder den Ellbogen aufschürfte. Den Abschluss bildete eine kreisrunde Steinscheibe, die wir mit vereinten Kräften hinausdrücken konnten.

Ich stemmte mich hinter Mina und Ben durch die Öffnung und blinzelte geblendet gegen das Licht an, das durch ein ausgeklügeltes System von Schächten in eine weite, fast quadratische Kammer fiel. Der Boden, die gemauerten Wände und die Decke waren in bunten Farben und Formen bemalt. Der Boden war schwarz, eine der Wände weiß, die zweite rot, die dritte gelb und die vierte blau grundiert. Darauf fanden sich neben abstrakten Linien und Mustern Malereien von Wesen mit aufgerissenen Mäulern und Augen, vielfarbige Vögel mit prächtigen Federn, zweiköpfige Schlangen, Jaguare und andere Tiere. In jeder Wand gab es Durchgänge, die in der Vielfalt der Farben und Formen kaum auszumachen waren. Über allem prangten riesige Schriftzeichen.

Wir drehten uns staunend im Kreis.

„Wahnsinn. Was ist das alles?!“, fragte Mina.

„Die Darstellung der Welt", antwortete Ben. „Die Maya glaubten, dass die Erde flach sei. Das ist der Weltenbaum." Er zeigte auf die Linien am Boden und an den Wänden, die mir am Anfang völlig abstrakt erschienen waren, aber bei näherem Hinsehen tatsächlich an stilisierte Äste und Blätter erinnerten. „Der Weltenbaum hat seine Wurzeln in der Unterwelt und stützt den Himmel. Die vier Farben der Wände symbolisieren die Himmelsrichtungen ... Komisch ist nur, dass die Farben falsch angeordnet sind und die Schriftzeichen nicht dazu passen." Ben deutete auf die riesigen Hieroglyphen direkt unter der Decke.

„Wieso nicht?", wollte ich wissen.

„Das Symbol, das aussieht wie ein menschlicher Kopf mit ein paar abstrakten Zeichen außen rum, bedeutet eigentlich Norden. Aber die Farbe des Nordens ist Weiß, nicht Rot. Rot ist die Farbe des Ostens. Die des Südens ist Gelb und die des Westens Schwarz. Schwarz als Zeichen der Unterwelt, in die die Sonne Nacht für Nacht verschwinden muss. Die Farbe der Erde ist eigentlich Grün, und Blau ist die des Himmels." Er deutete der Reihe nach auf die entsprechenden Hieroglyphen, die Wände, den Boden und die Decke.

„Ich würde mal vermuten, das ist Absicht", sagte Mina, die sich die Wände von Nahem angesehen hatte. „Die Durchgänge sind alle verschlossen. Hier sind überall noch die Hieroglyphen der Himmelsrichtungen in klein als Relief und ein paar andere Symbole."

„Könnten die Symbole die Schlösser sein?" Ich drückte auf ein paar der Ornamente, die sich auch bewegen ließen, aber es passierte nichts. „Hier kommen wir wohl nur raus, wenn wir die richtigen Symbole in der richtigen Reihenfolge drücken."

„War ja klar!" Mina setzte sich in der Mitte des Raumes im Schneidersitz auf den Boden und stützte die Ellbogen auf die Oberschenkel, damit sie möglichst bequem möglichst viel im Blick hatte.

Ich setzte mich dazu. „Wär nur gut, wenn wir auch noch rauskriegen würden, welche Tür wir nehmen müssen. Am besten *vorher.* Wenn wir alle ausprobieren müssen, erwischen uns die *Equis* auf jeden Fall! Ach ja – vielleicht sollten wir die Öffnung wieder verschließen?"

So gut es ging, schoben wir die Steinscheibe zurück, aber sie richtig einzupassen wäre nur mit Werkzeug möglich gewesen.

Ben ging von Wand zu Wand. „Die nach Westen dürfen wir auf keinen Fall nehmen. Dann landen wir wieder in der Unterwelt."

„Darauf kann ich verzichten." Mina kramte die Wasserflasche aus ihrem Rucksack. „Fragt sich nur, welcher Durchgang nach Westen führt." Sie nahm einen tiefen Schluck und reichte mir die Flasche weiter. „Gilt das Symbol oder die Farbe?"

Genau das ist der Knackpunkt.
Kommst du auf die Lösung?

Lies dir noch mal die Passage über die Himmelsrichtungen durch und schau dir die Symbole an, die hier abgebildet sind. Du findest sie auch an anderer Stelle. Kannst du diese Zeichen deuten, kennst du auch die korrekten Farben. Denk immer daran: Die Folge der Symbole ist entscheidend. Du musst die Säule so nachbauen, wie sie hier abgebildet ist.

094

✱✚✚

+-+-Epilog-+-+

Die Geschichte wiederholt sich. Schon wieder.
Es gibt die, denen alles zufliegt. Wie Ben. Wie seinem Vater. Und es gibt die, die nicht so viel Glück haben. Die immer mal wieder verlieren. Wie mich. Wie meinen Vater. Aber im Gegensatz zu ihm werde ich nicht aufgeben. Ich werde einen Weg finden.
Es ist gar nicht so schwer: Wenn alle erwarten, dass du nach Norden gehst, geh nach Süden.
Wenn alle nach dem Güero suchen, dem blonden Equis, der Drogen geschmuggelt und Leute entführt hat, denkt keiner daran, nach dem Segellehrer in weißen Hosen und Polohemd zu fragen, der mit dem netten, reichen Ehepaar in einer brasilianischen Bar sitzt.
So ist das. Die Leute sehen, was sie wollen und was für sie am einfachsten ist.
Die Gelegenheit kommt schneller, als du denkst.
Du tust ihnen einen Gefallen. Hilfst ihnen auf dem Boot. Machst ein paar Andeutungen, ohne je was zu verlangen. Und schon fragen sie dich, ob du ihre Jacht überführen kannst.
Aber klar. Mach ich doch gern …

Ende

Auf Seite 168 findest du heraus, wie du dich geschlagen hast.

Von der schmalen Felsplatte, die den Tümpel auf dieser Seite begrenzte, zweigten zwei Gänge ab, der eine stieg etwas an, der andere führte geradeaus weiter.
„Was meinst du, Ben? Irgendein Tipp, wie es weitergeht?“, fragte ich.
Ben, der Mina Entwarnung gab, dass sich kein Sumpfbewohner in ihren Zehenzwischenräumen eingenistet hatte, richtete sich auf und trat zu mir. Der Leuchtstab erhellte die Gänge nur schwach, er verlor zunehmend an Stärke.
Ben suchte die Wände auf den ersten Metern nach Symbolen ab, aber da war nichts. „Wir müssen wohl beide ausprobieren“, sagte er.
Ich seufzte. „Erst den, der nach oben führt?“
Ben nickte.
Mittlerweile hatte Mina ihren Schuh wieder angezogen und wir betraten den ersten Gang. Nach ein paar Metern machte er einen scharfen Knick, schwarze Schatten schienen den Boden zu verschlucken. Ich konnte gerade noch den Arm ausstrecken. „Stopp!“
Ben bremste scharf neben mir ab und Mina lief auf ihn drauf.
„Was ist denn?“, fragte Mina erschrocken.
Statt einer Antwort hielt ich den Leuchtstab etwas weiter nach unten. Das vor uns waren keine Schatten, das waren metertiefe Löcher im Boden. Von der Kante rieselte Sand, den wir mit unseren Füßen aufgewirbelt hatten.

Ben schluckte. „Das ist wohl der falsche Weg ..."
„Also zurück!" Mina drehte um, doch Ben hielt sie an der Schulter fest.
„Lasst uns versuchen, in unsere eigenen Fußstapfen zu treten. Vielleicht lassen die *Equis* sich täuschen und glauben, wir wären hier lang ...
Mina hob die Brauen. „Du willst sie abstürzen lassen?"
„Besser sie als wir."
Das stimmte zwar, aber mir war auch nicht ganz wohl dabei. Die Löcher waren tief genug, um sich alle Knochen zu brechen.
„Wisst ihr, was sie mit uns machen, wenn sie uns erwischen? Sie werden uns vielleicht nicht gleich umbringen, dazu sind wir zu viel wert, aber sie werden uns so zurichten, dass wir nie wieder daran denken, abzuhauen."
So, wie Ben uns ansah, war klar, er übertrieb nicht. „Das machen sie mit denen, die sie sonst hier gefangen halten, gleich, wenn sie ankommen. Als Warnung. Die erpressen selbst die, die über die Grenze flüchten, weil sie nicht mehr wissen, wovon sie leben sollen. Entweder die Familie kratzt irgendwie das Geld zusammen oder das war's! Ein Menschenleben ist für die *Equis* nicht viel wert."
Ich musste an die Zeitungsartikel denken, an die Geschichten von Folterungen und Mord, und ich sah Mina an, dass es ihr genauso ging.

Daher taten wir das, was Ben vorgeschlagen hatte, und liefen rückwärts, jeder in seinen eigenen Fußspuren, und verwischten sie im zweiten Gang zumindest am Anfang.
Da der Leuchtstab schwächer wurde, konnten wir uns nicht zu lange damit aufhalten, zumal Mina glaubte, von der anderen Seite des sumpfigen Tümpels Geräusche gehört zu haben.
Leider ließen sich die Pfeiler nicht wieder versenken. Die *Equis* würden uns also folgen können, ohne erst ein paar Körbe in einem uralten Ballspiel werfen zu müssen.

+-+-+

War ja klar, dass irgendwas schieflaufen muss.
Einfach abzuhauen!
Hat er sich vielleicht Gedanken gemacht, was aus mir wird?
Sicher nicht.
Dabei hab ich die ganze Zeit auf ihn aufgepasst, dafür gesorgt, dass ihn niemand zu hart anfasst.
Glaubt er, das läuft immer so?
Normalerweise hätten sie ihm ein paar Finger gebrochen oder ihn so zusammengeschlagen, dass er drei Tage nicht hätte stehen können.
Das haben sie mit mir schon gemacht, nur um mir zu zeigen, was passiert, sollte ich je auf die Idee kommen,

auszusteigen. Dabei hatte ich das nicht mal vor.
Und jetzt?
Hinter mir steht keiner, wenn dieses Geschäft platzt.
Sie werden mich bezahlen lassen, und nicht zu knapp.

+-+-+

Lies weiter auf Seite 090.

Jetzt erst verbanden sich die richtigen Synapsen in meinem Gehirn und der Nebel lichtete sich. *Güero*. Der Blonde. Das war nicht K'in. Das war …

„Jörn?!" Mina war weiß wie ein Laken. Als hätte sie ein Gespenst gesehen. Im Prinzip war das ja auch so. Nur war Bens totgeglaubter Cousin quicklebendig und machte uns mehr Schwierigkeiten denn je. Mir fielen die Löwenzeichen ein, die Ben hinterlassen hatte. Er hatte uns vorgewarnt. Der Bezug zur Löwenmaske war Absicht gewesen, wir hatten es nur nicht verstanden.

„Sí, Señora." Jörn schlug die Kapuze zurück und zog das Tuch von seinem Gesicht. „Dann brauche ich das ja nicht mehr. Ist eh zu heiß!"

Er lächelte ein Lächeln, für das er an unserer Schule berühmt gewesen war und das ich ihm am liebsten aus dem Gesicht gewischt hätte.

Auch Mina ballte die Fäuste in den Hosentaschen, in denen sie noch den Feuerstein haben musste. Wie ich Mina kannte, würde sie versuchen, Jörn damit k. o. zu schlagen, wenn sie die Gelegenheit dazu sähe.

Jörn schien zu ahnen, was in uns vorging, und hob den Lauf seiner Waffe gerade so weit, um uns wissen zu lassen, dass wir keine Chance hätten. „Denkt nicht mal dran."

„Jörn, du musst uns gehen lassen!" Ben trat vor Mina und mich.

„Kann ich leider nicht!"

„Du weißt doch, was sie mit uns machen, wenn sie uns erwischen!"

„Und du weißt, was sie mit mir machen, wenn nicht!" Jörn legte Ben seine freie Hand auf den Arm. Für einen Moment sah es tatsächlich so aus, als täte es ihm leid. „Keine Angst, sie werden euch nicht erschießen. Dazu bringt ihr zu viel ein. Und ich pass auf euch auf."

Das Letzte hörte sich selbst in meinen Ohren lahm an und ich kannte Jörn im Gegensatz zu Ben und Mina so gut wie gar nicht.

„Sie bringen uns vielleicht nicht um. Aber sie werden uns dermaßen zurichten, dass wir so schnell nicht wieder aufstehen."

Jörns Blick verriet, dass Ben ins Schwarze getroffen hatte.

„Bitte, Jörn! Wenn wir rauskriegen, wie wir über diese Brücke kommen, kannst du mit uns abhauen. Wir verraten dich nicht. Und ich besorg dir so viel Geld, wie ich kann."

Eine Minute verging, in der wir nur dastanden und kaum zu atmen wagten. Dann hielt ich es nicht mehr aus.

„Was gibt's da zu überlegen?! Du lässt uns jetzt verdammt noch mal gehen, das bist du uns schuldig!"

Jörn blinzelte halb überrascht, halb amüsiert. „Ach ja?"

„Ja! Wegen dir hatten wir alle schon mal eine Waffe vor der Nase! Wegen dir saß jemand unschuldig im Knast! Wegen dir ging es Ben total dreckig! Ist dir eigentlich klar, dass er in den

letzten Jahren immer wieder nach dir gesucht hat?"
Jörns Gesicht wurde hart. „Ich hab ihn nicht darum gebeten!"
„Er hat's aber trotzdem getan! Weil er dich nicht aufgeben wollte! Obwohl ich echt nicht weiß, warum!" Ja, das war nicht besonders klug, aber ich war so wütend, dass ich einfach nicht anders konnte.
Jörn sah zu Ben, der neben mir stand und überhaupt nicht mehr wusste, was er machen sollte. „Stimmt das?"
Ben nickte.
Für einen Pulsschlag bekam Jörns Gesicht etwas Weiches, trotzdem bin ich mir nicht sicher, ob er uns hätte gehen lassen, wenn die *Equis* nicht ausgerechnet in diesem Moment um die Ecke gebogen wären.
„Okay", sagte Jörn. „Wisst ihr, wie wir rüberkommen?"
„Keine Ahnung", sagte Ben.
„Ich schon", sagte Mina.
Während wir uns gezofft hatten, war sie die Einzige gewesen, die einen klaren Kopf bewahrt und überlegt hatte, wie wir hier rauskamen. Sie machte einen großen Schritt auf eine der Steinplatten, deren Symbol von den schräg stehenden Strahlen der untergehenden Sonne beleuchtet wurde.
Keine Sekunde zu spät.

Das letzte Licht, das durch die Blätter fällt,
hilft dir, den sicheren Weg zu finden.
Die Brücke, die so leicht, so schnell zerschellt,
liegt zwischen Bäumen *weiter hinten.*
Errätst du, welche der Platten hält?
Vier braucht es, den Sumpf zu überwinden.

Hast du alle dich tragenden Steine,
dann schneide sie aufs Genaueste aus.
So bekommst du den Code,
den ich meine,
und auch die nächsten Schritte
heraus.

Beim Puzzeln hilft dir
die weiße Linie.
Wohin sie führt,
fragst du dich,
fragst du mich?
Nur so viel:
Lies den richtigen Text
und finde
die versteckten
Zahlen.

Es dauerte, bis wir das Regalfach gefunden hatten, in dem Ben neben einem großen Moskitonetz, Mückenspray, Taschenlampen und einer Regenplane (oder so was) eine graue Metallkiste für uns dagelassen hatte. Eine Metallkiste, auf der eine Zwölf stand. Anders gesagt: eine Eins und eine Zwei.

„Ein, zwei Dinge, pah!" Mina war ungehalten, weil uns Bens eigentlich simple, aber sehr effektive Verschlüsselung eine halbe Stunde Sucherei gekostet hatte. Genauso lange brauchten wir danach, um die Zahlenkombination herauszubekommen, die das Vorhängeschloss öffnete. Sie war doch im „Schatz der Inka" versteckt gewesen ...

Ich konnte Mina verstehen. Wir waren beide müde und hatten uns von diesem Abend etwas anderes erhofft, als nach der ewig langen Busfahrt über einem Buch und einem Brief zu grübeln, der mehr verschwieg als verriet, um danach zu allem Übel Reihen von Regalen abzusuchen, die mit diesen grauen Kisten vollgestellt waren (anscheinend gehörten sie zur Ausstattung des Projekts).

Andererseits gab sich Ben bestimmt nicht umsonst so viel Mühe, zu verstecken, was er für uns dagelassen hatte. Ich wusste nicht, was los war, aber dass etwas los war, war klar.

„Es muss einen Grund geben, warum Ben es uns so schwer macht", sagte ich. „Wenn wir den Brief und die Kiste sofort gefunden hätten, wäre das auch für jemand anders kein Problem gewesen."

„Stimmt! Und je länger ich darüber nachdenke, desto weniger gefällt mir das Ganze.“ Mina drehte das letzte Zahnrädchen in die richtige Position. „Wenn wir nur wüssten, was genau los ist!“

Wir bekamen eine Ahnung, als der Bügel des Schlosses aufsprang und ich den Deckel der Kiste hochklappte: Neben einem Buch über die Maya (noch ein Buch?) und einer Karte lag ein Stapel ausgeschnittener Zeitungsartikel über ein Drogenkartell vor uns. Dessen Boss wurde nur *Señor Equis* genannt, was so viel bedeutete wie *Mr X*. Niemand wusste, wie er aussah oder in Wirklichkeit hieß. Er war ein Phantom und das sollte auch so bleiben. Daher nannten sich alle, die zum Kartell gehörten, nur: *Los Equis*.

Allein die Überschriften der Artikel machten klar, wie gefährlich die *Equis* waren, dazu mussten wir gar nicht die kompletten Texte verstehen: *„Los Equis: el cártel más violento del sur* – die *Equis*, das gewalttätigste Drogenkartell im Süden“, war nur eine davon.

Erpressung, Entführung und Mord gehörten zum Alltagsgeschäft der *Equis*. Uns wurde schon beim Lesen ganz anders.

Manche Textstellen waren rot eingekreist, meistens ging es dabei um Orte, an denen etwas passiert war, das den *Equis* zugeschrieben wurde, oder jemand gesehen worden war, der als Mitglied der *Equis* galt. Auch manche der Zeitungsfotos waren markiert, aber mehr als ein gebückter Rücken beim

Einsteigen in einen Wagen oder der Schatten eines abgewandten Gesichtes durch eine Scheibe war nicht zu erkennen.

„Verdammt, wo ist Ben da nur reingeraten?“ Mina zog den Schnappschuss, den sie hinter der Kommode gefunden hatte, aus der Hosentasche und verglich ihn mit den Zeitungsfotos. Von Größe und Figur her könnte es Übereinstimmungen mit der ein oder anderen schemenhaften Gestalt geben, aber längst nicht mit allen. „Will er rausfinden, wer zu den *Equis* gehört? Oder sogar, wer *Señor X* ist? Und wenn ja, warum?“

Ich hob die Schultern. „Da fragst du den Falschen. Aber ich vermute mal, allein der Versuch wäre lebensgefährlich.“

„Was genau will Ben uns sagen? Was ist mit der Karte hier? Und was sollen die Bücher?“

Ich hatte auch keine Ahnung, wie all das mit den Artikeln zusammenhing. Die Karte zeigte relativ detailliert die Grenzregion, in der wir uns befanden, das Buch war eines über die verschiedenen Epochen, die Bauwerke, die Sprache und Schrift der Maya. Ich schlug es auf und machte mich auf eine lange Sucherei gefasst. Aber gleich auf der inneren Umschlagseite waren Schriftzeichen abgebildet und eines davon war umrandet. „Folgt dem Jaguar!“ stand kaum sichtbar mit Bleistift daneben und bei näherem Hinsehen ließ sich ein stilisierter Jaguarkopf erkennen.

„Das gefällt mir nicht. Das gefällt mir ganz und gar nicht." Mina kaute auf ihrer Unterlippe. „Was machen wir? Sollen wir gleich zur Polizei gehen?"
Ich schüttelte den Kopf. „Zu früh. Wir wissen zu wenig. Was, wenn mit Ben alles in Ordnung ist und wir sie ganz umsonst alarmieren?"
„Was, wenn nicht? Dann ist es vielleicht zu spät?!"
„Lass uns wenigstens bis morgen warten. Bis dahin hören wir bestimmt was von Ben. Ich kann eh nicht mehr klar denken."
Mina wollte widersprechen, aber in dem Moment klopfte es an der Schuppentür und Valentina steckte den Kopf herein.
„Hey, habt ihr was gefunden?"
Wie nebenbei klappte ich den Deckel der Metallkiste zu. Ohne dass wir darüber sprechen mussten, waren Mina und ich uns einig, Valentina nicht zu viel zu verraten.
„Ja, Ben hat uns ein Moskitonetz und Mückenspray und so was dagelassen", sagte ich.
„Das werdet ihr brauchen. Die Mücken sind eine Plage! Hier ist es nicht ganz so schlimm, aber schlimm genug. Schließt die Tür und die Läden eurer *Cabaña,* bevor ihr das Licht anmacht."
„Geht klar!", sagte Mina, während sie mit dem Mückennetz und der Plane unauffällig die Karte und das Buch verdeckte und beides mit aufhob. „Hast du zufällig die Projektleiterin erreicht?"
„Ja und nein", antwortete Valentina. „Ich hatte sie an der Strippe, aber die Verbindung ist ständig zusammengebro-

chen. Mitten im Wald ist das mit dem Satellitentelefon sowieso nicht einfach. Wenn es dazu bedeckt ist, geht gar nichts mehr."

„Und Ben?", fragte ich.

Valentina machte eine bedauernde Geste mit der Hand. „Ich habe Raquel leider kaum verstanden. Umgekehrt war es besser, glaube ich. Also konnte ich ihr zumindest sagen, dass ihr kommt."

Als Valentina unsere Gesichter sah, musste sie ein Lächeln unterdrücken. „Keine Sorge, ich habe es mindestens dreimal wiederholt, das hat sie bestimmt mitbekommen. Alles Weitere klären wir morgen. Schlaft euch erst mal aus, eure Mitfahrgelegenheit startet eh erst gegen Mittag."

Also gaben wir Valentina den Schlüssel zurück und gingen mit unseren Fundsachen zu unserer Hütte. Mittlerweile war es stockdunkel, und wir waren so kaputt, dass wir einfach nur ins Bett und sofort in einen traumlosen Schlaf fielen.

Lies weiter auf Seite 038.

Als wir glaubten, zu wissen, wie das Prinzip funktionierte, legten wir die steinernen Bälle nach Größe geordnet an den Rand des Tümpels. Es gab mehr Kugeln, als gebraucht wurden, aber viele Fehlversuche konnten wir uns nicht leisten.

Die Sonne ging bereits auf, was einerseits gut war, da ihr rötlicher Schein durch schmale, in der Decke versteckte Lichtschächte fiel. Andererseits hieß das, dass es nicht mehr lange dauern konnte, bis unser Verschwinden bemerkt würde.

„Leg los!“ Mina, die versuchte, so wenig wie möglich von den stinkigen Gasen einzuatmen, reichte Ben die erste Kugel.

„Wieso ich?“

„Wer von uns ist denn der Handballer?“

„Leute! Das ist Jahre her! Seit wir aus der Schule raus sind, hab ich kaum noch gespielt!“

Das stimmte, aber von uns dreien war er sicher immer noch der beste Werfer, obwohl ich auch nicht schlecht war. „Ich kann es machen!“

Ben sah auf die fette Blase in meiner Handfläche. „Lass nur. Das sieht übel aus.“

„Dein Handgelenk auch.“

„Seid ihr fertig damit, Nettigkeiten auszutauschen?! Lange wird es nicht mehr dauern, bis die *Equis* hinter uns her sind.“

Wie meistens hatte Mina das beste Argument.

Ben zielte und warf – daneben.

„Verdammt!“

Der zweite Ball ging fast durch, berührte aber den Innenrand des Ringes und spritzte weg.
„Ganz ruhig. Du schaffst das!“ Ich gab ihm die nächste Kugel.
Ben atmete trotz der fauligen Gase tief durch, warf und traf!
Ja! Wir klatschen uns ab.
Jetzt war eine der mittleren Kugeln an der Reihe, sie ging glatt durch den Ring, war aber zu lang, prallte von der Felswand ab und versank mit lautem Platschen im sumpfigen Wasser. Mina sorgte für Nachschub.
Ben umschloss kurz sein verletztes Handgelenk und holte weit aus. Die Kugel flog durch den Ring und in einem perfekten Bogen auf ihr Ziel zu, schrappte über den Rand des Trichters, rollte die Kante entlang und fiel – nach innen.
Mina und ich rissen jubelnd die Arme hoch.
„Shhht! Seid ihr verrückt? Wenn ihr weiter so brüllt, können wir gleich aufgeben!“
Ertappt legten Mina und ich die Hände vor den Mund.
Für den letzten Wurf hatte Ben nur zwei Versuche, mehr der kleinen steinernen Bälle gab es nicht.
Ich hatte meine Daumen so fest mit den Händen umschlossen, dass sich die Fingernägel in die Innenflächen meiner Hände gruben. Eine Kugel brach, als sie auf den Rand des Trichters traf, wir hatten den feinen Riss im Stein zu spät bemerkt.
„Shitshitshit!“ Ben schüttelte den Arm aus und griff nach der letzten Kugel.

„Gib sie mir." Ich streckte auffordernd die Hand aus.
Doch Ben biss die Zähne zusammen, schloss kurz die Augen, zielte – und versenkte sie. Wir hatten es geschafft! Statt zu jubeln, nahm ich Bens Kopf in meine Hände und drückte ihm einen fetten Schmatzer auf die Stirn.
Bens Lachen ging in einem dumpfen Grollen unter, das tief aus dem Innern der Höhle zu kommen schien. Immer schneller hintereinander stiegen Blasen aus dem Sumpf auf und explodierten. Unter dem Gestank, der kaum zu ertragen war, schoben sich in regelmäßigen Abständen steinerne Pfeiler aus dem schlammigen Wasser.
Ein Pfad!
„Ich gehe zuerst." Mina zog die Gurte ihres Rucksacks so fest es ging, damit er nicht verrutschte, und machte einen großen Schritt auf den ersten Pfeiler zu.
Er war ungefähr einen Fuß breit und lang und schlammüberzogen. Mina stieß sich ab und sprang über den steinernen Pfad. Sie war fast drüben, als sie auf dem letzten Tritt mit einem Fuß abrutschte. Sie riss sich mit Körperspannung hoch, stieß sich mit dem anderen Fuß, so gut es ging, ab und landete mit einem weiten Sprung. Aber das Ufer war abschüssig und glitschig, und für einen Moment sah es so aus, als würde sie ins trübe Wasser fallen. Gerade so schaffte sie es, sich zur Seite zu rollen und nur kurz mit einem Fuß in die sumpfige Brühe einzutauchen. Schneller, als ich blinzeln konnte, stand sie wieder.

111

„Passt auf, der letzte Pfeiler ist abgebrochen!“, rief sie zu uns rüber.

Ich ging als Nächster. Da ich ein gutes Stück größer war als Mina, waren die Abstände zwischen den Pfeilern für mich nicht so weit, dafür war meine Balance nicht halb so gut wie ihre: Fast wäre ich ins Wasser gefallen. Mit rudernden Armen fing ich mich wieder.

„Vorsicht jetzt!“, warnte Mina.

Ich nahm Schwung, stieß mich auf dem letzten Pfeiler nur ab und machte einen großen Satz. Mina streckte mir die Hand entgegen und zog mich mit einem Ruck zu sich.

Bei Ben machten wir es genauso. Sein letzter Schritt war etwas zu kurz und ohne uns wäre er wahrscheinlich das abschüssige Ufer wieder runtergerutscht.

„Das war knapp!“ Ben hielt sich das Handgelenk, ich hatte ihm beim Zugreifen wahrscheinlich wehgetan.

Er beschwerte sich aber nicht, sondern forderte Mina bloß auf, ihren Schuh auszuziehen.

„Du warst zwar nur kurz im Wasser, aber wir sollten lieber nachschauen, dass du dir nicht irgendwas eingefangen hast.“

Mina zog ihren Schuh aus und inspizierte ihren Fuß von allen Seiten, während ich mich nach dem weiteren Weg umschaute.

Lies weiter auf Seite 095.

Da wir nicht einfach stumpf dasitzen und abwarten wollten, was kam, testeten wir unsere Möglichkeiten aus. Die Kette hatte genügend Spiel, um an den verbeulten und übel riechenden Blecheimer ohne Henkel zu kommen, der wohl als Klo dienen sollte, aber nicht so weit, dass wir unsere Rucksäcke hätten erreichen oder uns den Lichtschacht hätten näher ansehen können oder die in den Boden eingelassene Steinplatte an der Wand neben der Tür. Irgendein Relief war darauf, vielleicht eine Figur. Mina glaubte, ein Muster erkennen zu können, aber mein Interesse für irgendwelche Mythen und Symbole hielt sich gerade sehr in Grenzen.

Durch das Gerassel der Kette, das jede unserer Bewegungen begleitete, bemerkten wir erst nach einer Weile, dass sich ein anderes Geräusch darunterlegte. Ein regelmäßiges Klopfen.

„Hörst du das?“ Ich legte Mina die Hand auf den Arm.

Tok tok toktoktok.

„Steht doch jemand vor der Tür?“, flüsterte sie.

Wir lauschten beide angespannt.

Toktoktok tok tok tok toktoktok.

„Das ist das SOS-Zeichen! Nebenan ist jemand!“

„Ben?!“

Ich zuckte andeutungsweise die Achseln. Möglich war es, sogar wahrscheinlich, schließlich war Ben auf der Spur der *Equis* gewesen, hatte sie vielleicht bis hierher verfolgt.

Toktoktok tok tok tok toktoktok.

Das würde Bens merkwürdiges Verhalten erklären und, wenn die *Equis* ihn erwischt hatten, auch, warum er nicht ins Dorf zurückgekehrt war. Aber wenn sie ihn nicht erwischt hatten, wenn er sich irgendwie hatte verstecken können, wäre es dumm von uns, die Aufmerksamkeit auf ihn zu lenken. Daher hielt ich Mina zurück, als sie Bens Namen rufen wollte, und warf als Antwort nur ein Stück Geröll gegen die Wand, die zu weit von uns weg war, als dass wir ebenfalls hätten dagegenklopfen können.

Das war auch gut, Schritte näherten sich.

Die Tür der Nachbarzelle wurde aufgerissen. Erst konnten wir nicht verstehen, was gesagt wurde, dafür waren die Befehle zu knapp und schnell, dazu auf Spanisch – aber es war klar, dass es darum ging, mit der Klopferei aufzuhören. Doch mit einem Mal kamen die Wörter so laut, direkt von der anderen Seite der Wand, dass wir sofort wussten, das war Absicht.

„Was soll ich denn sonst machen?! Ich sterbe hier vor Langeweile!“

Mina und ich unterdrückten einen Freudenschrei. Das war Bens Stimme!

„Reiß dich zusammen! Sonst kriegst du richtig Ärger!“

Jetzt war auch die zweite Stimme kurz zu hören. Sie kam mir irgendwie bekannt vor, aber das bildete ich mir bestimmt bloß ein, sie musste zu dem zweiten *Equis* gehören und der hatte kaum ein Wort gesagt.

Wieder kam jemand die Treppe herunter, blieb aber anscheinend auf halber Höhe stehen. „Hey, *Güero*! Was ist los da unten? Muss ich runterkommen? Braucht jemand eine Lektion?“ Dieses Lachen drehte einem echt den Magen um.

„¡No, está todo bien!“

Puh! Wir hielten den Atem gleich wieder an, als sich unsere Tür quietschend öffnete. Mit nach unten gesenktem Blick hockten wir an der Wand und versuchten so auszusehen, als hätten wir nichts mitbekommen. Ein paar Sekunden passierte nichts, wir wurden prüfend gemustert, vermutete ich. Dann wurden unsere Rucksäcke geöffnet und, dem Geräusch nach zu schließen, die Wasserflaschen rausgeholt.

„Macht euch keine Sorgen. Wenn ihr weiter so gut kooperiert, passiert euch nichts. Dafür seid ihr zu wertvoll.“ Das wurde sehr leise gesagt, dazu klang die Stimme gedämpft, als hätte unser Gegenüber sich ein Tuch oder so was ins Gesicht gezogen, und sosehr ich mich auch anstrengte, ich konnte sie nicht zuordnen.

Die Wasserflaschen und etwas Obst wurden in unserer Reichweite auf dem Boden abgelegt. Für den Bruchteil einer Sekunde sah ich eine helle, lange Haarsträhne, die aus der Kapuze gerutscht sein musste. Mein Herzschlag setzte aus.

„Güero“, hatte der *Equis* mit dem widerlichen Lachen gerufen. Das hieß Blonder. Oder Sonne. Was hatte K'in in Bezug auf seinen Namen gesagt? „Bedeutet *Sonne*!“

Konnte das sein? Konnte K'in zu den *Equis* gehören? Kam mir die Stimme deswegen so bekannt vor? Mir fiel die Narbe an seinem Hals wieder ein. Was, wenn das das Erkennungszeichen der *Equis* war? Andererseits – wieso hatte K'in uns dann vor den *Equis* gewarnt? Oder gehörte das zum Plan, um nicht aufzufliegen? Immerhin war er „entkommen", nur uns hatten sie erwischt. Die Gedanken rasten in meinem Gehirn hin und her wie ein Schwarm Moskitos, aber ich bekam keinen richtig zu fassen.

Wenn ich nur hochschauen könnte, um genauer hinzusehen!

Die Schritte entfernten sich. Ich blinzelte vorsichtig unter gesenkten Lidern hervor, doch außer einem Hoodie mit hochgezogener Kapuze über dem Schirm einer Basecap konnte ich nichts erkennen. Krachend fiel die Tür ins Schloss.

+-+-+

Warum konnte er es nicht sein lassen?
Warum musste er hierherkommen?
Von allen Plätzen in der Welt – ausgerechnet hierher?!
Es war gut, wie es war. Jetzt ist alles anders.
Jetzt kann ich nicht mehr zurück. Er kann nicht mehr zurück.
Er ist selbst schuld.

Mit seiner verdammten Neugier.
Das hat ihn schon immer in Schwierigkeiten gebracht.
Ich hab ihn so oft gerettet. So oft!
Aber diesmal ... Diesmal kommt er nicht raus.
Und die anderen auch nicht.
Dieser Idiot. Dieser kleine Idiot!

+-+-+

Lies weiter auf Seite 128.

Der Gang, den wir entlangrannten, mündete in einen lichtdurchfluteten Raum, dessen Wände kunstvoll behauen waren. Auf jeder Seite gab es zwei Durchgänge.
„Das ... muss der Tempel auf der Spitze der Pyramide sein!“, keuchte Ben.
„Das ist gut, oder?!“, fragte Mina
„Ist es!“
„Aber wie kommen wir raus?“ Meine Knie waren aufgeschürft, mein Schienbein pochte und schwoll an, aber wir hatten keine Zeit, um unsere Wunden zu lecken, also ignorierte ich das, so gut es ging.
„Haltet nach der Hieroglyphe für Osten oder dem Schlangensymbol Ausschau!“
Ich drehte mich im Kreis und verlor die Orientierung. Ich hätte noch nicht mal mehr sagen können, aus welcher Richtung wir gekommen waren.
„Hier lang!“, rief Ben.
Mein Herz schlug mir gegen die Rippen, und jede Muskelfaser in meinem Körper brannte, aber ich zwang mich, weiterzulaufen. Der Gang machte einen Knick. Vor uns lagen mehrere Abzweigungen. Verdammt!
„Der linke Gang! Der mit dem Schlangenmaul!“ Ben schob mich in die richtige Richtung.
Kurz darauf standen wir in zwanzig, dreißig Meter Höhe auf dem kleinen, steinernen Vorsprung, der im Nichts endete.

Die Sonne wanderte hinter den Tempel, zwei wellenförmige Pfeiler tauchten die Kanten der steil abfallenden Wand bis auf ein paar wenige Steine in Schatten, und Ben gab mir einen Stoß, als er glaubte, herausgefunden zu haben, welche Treppe die richtige war. Einen aussetzenden Atemzug lang hing ich über dem Nichts, mein Magen hüpfte mir in die Kehle, dann berührte mein Fuß die oberste Stufe. Gegen das abnehmende Licht der untergehenden Sonne hasteten wir in großen Schritten die Treppe hinunter. Die Stufen hinter uns waren schon nicht mehr zu sehen – was gut war, weil die *Equis* uns nicht folgen konnten. Schlecht war, dass der Schatten die Stufen vor uns zu verschlucken drohte, bevor wir unten ankamen.

Ein Knall zerriss die Luft.

„Ducken!“, rief Mina.

Ein zweiter Schuss, zum Glück war auch der zu hoch, um uns zu treffen.

Gebückt rannten wir weiter und erreichten die unterste Plattform der Pyramide und mit ihr das schützende Blätterdach, bevor die *Equis* erneut zielen konnten.

Ich wollte mich über die Kante schwingen, um die letzten Meter hinunterzuklettern, doch Ben hielt mich zurück. „Das Gehölz dort unten ist zu dicht. Von hier oben haben wir bessere Chancen, einen Ausgang zu finden.“

Tja, das war das Problem: Wir waren zwar aus der Pyramide raus, aber nicht aus der Stadt. Vor uns erhob sich eine Mau-

er, die weit über unsere Köpfe hinausragte. Also liefen wir die Plattform entlang bis zur nächsten Seitenkante der Pyramide.
„Verteilt euch, wir müssen sie finden!“, sagte irgendwo um die Ecke eine Stimme auf Spanisch. Eine Stimme, die mir zwar bekannt vorkam (schon wieder), die aber definitiv nicht die K’ins war oder die des *Equis* mit der grausamen Lache. Sie klang tiefer. Und älter. Mina linste vorsichtig um die Ecke und informierte uns im Flüsterton.
„Ich glaube ... ja, das ist Pedro!“ Die Erleichterung stand ihr ins Gesicht geschrieben. „Sie haben uns gefunden!“
Sie richtete sich auf und wollte Pedro, der uns durch das undurchdringliche Geflecht der Äste und Lianen oben auf der Plattform nicht sehen konnte, auf uns aufmerksam machen, als Ben ihr die Hand auf den Mund legte und sie zurückriss.
„Das ist nicht Pedro!“, flüsterte er. „Das ist der Polizeichef!“
„Aber ... er hat gesagt ...“, stotterte ich.
„Dann hat er gelogen! Los, wir müssen umkehren!“
So leise wie möglich traten wir den Rückzug an, wobei mir einfiel, dass der so sympathisch wirkende Polizeichef genau genommen gesagt hatte, einer seiner drei Vornamen sei Pedro. Mina schien dasselbe im Kopf herumzugehen, denn als wir außer Hörweite waren und im Schutz des Dickichts überlegten, wie es weitergehen sollte, war sie es, die die Sprache darauf brachte.
„Das passt zu ihm“, sagte Ben leise. „Und stimmt vielleicht

sogar. Er ist ein korrupter und gerissener Mistkerl und hat euch den *Equis* wahrscheinlich auf dem Silbertablett serviert. Der Einzige, der anders war, war Pedro. Der echte Pedro. Er ist noch nicht lange dabei. Und schiebt jetzt wahrscheinlich Dienst auf irgendeinem verlassenen Außenposten."

„Oh Mann! Und alles nur, weil wir uns haben einwickeln lassen. Dabei haben wir uns noch gewundert …"

„Mein Fehler", unterbrach mich Ben. „Ihr hattet nicht genug Infos. Ich … Ich hab uns da reingeritten. Und nur weil ich nicht aufhören konnte …" Das erste Mal, seit wir ihn wiedergesehen hatten, sah Ben völlig fertig aus. So, als bräuchte es nur noch einen Schubser, um ihn auf die Matte zu schicken.

Mina ließ ihn nicht weiterreden. „Und ich war die, die unbedingt zur Polizei gehen wollte. Aber wer was gemacht hat, ist doch völlig egal! Viel wichtiger ist, dass wir hier rauskommen. Und wir kommen raus! Oder wollt ihr vielleicht aufgeben, nachdem wir es so weit geschafft haben?!" So wie Mina das sagte, war klar, dass das ein völlig absurder Gedanke und keine Option war. Mina konnte echt schroff sein, was manchmal daneben und manchmal genau richtig war. Wie jetzt. Was Mitfühlendes hätte Ben den letzten Rest Beherrschung gekostet.

„Weiter geht's! Wir versuchen es auf der anderen Seite!"

Ben war zwar nicht mehr ganz so am Boden wie eben noch, blieb aber pessimistisch. „Da ist Süden. Wenn wir Pech haben, grenzt die Seite an den Sumpf …"

„Wenn das so ist, dann drehen wir wieder um! Die werden ja nicht ewig dastehen. Außerdem ist es eh bald dunkel. Wenn wir nicht direkt über ihren Köpfen langlaufen, kommen wir vielleicht ungesehen an ihnen vorbei!"
Ohne eine Antwort abzuwarten, lief Mina los. Sie hielt sich möglichst unter dem Blätterdach der tief hängenden Äste.
Als wir die Seitenkante erreichten, presste sie sich flach an die Mauer und spähte um die Ecke. Die Luft schien rein zu sein, denn sie wagte sich etwas weiter vor.
„Was siehst du?", flüsterte ich.
Sie bedeutete mir mit einer Handbewegung, zu warten, huschte um die Ecke, kam aber gleich darauf zurück. „Von den *Equis* ist keiner zu sehen."
„Gut!" Die Vorstellung, die Nacht hier auf dem Sockel zu verbringen, fand ich nämlich nicht besonders reizvoll, wer wusste schon, wann die *Equis* auf die Idee kamen, dort nach uns zu suchen. Eine Nacht im Wald würde ich zwar auch gern vermeiden, aber die Überlebenschancen schienen mir trotz giftiger Schlangen, Schwarzer Witwen und Jaguaren höher, als wenn uns die *Equis* in die Finger kriegten.
„Aber soweit ich sehen konnte, wird's jenseits der Mauer tatsächlich sumpfig."
„Nicht gut!", sagte Ben. „Da kommen wir nicht durch."
„Durch nicht. Aber drüber." Mina grinste. „Da ist eine Brücke!"
„Was?!" Ich war so überrascht, dass ich vergaß, zu flüstern.

„Pssst!“, machten Mina und Ben gleichzeitig.
„*Was*?!“, wiederholte ich unhörbar. „Das gibt's nicht!“
Aber es stimmte. Nicht weit von uns, auf der Südseite der Pyramide, begann hinter der Mauer eine lange, schmale Brücke, die über den ersten Ausläufer des Sumpfes führte und dann im Dickicht der Bäume verschwand.
„Süden! Dort, wo die Sonne am höchsten steht ... die Mitte des Lebens! Warum hab ich nicht gleich daran gedacht?“ Ben war wieder in seinem Element. „Mit etwas Glück führt die Brücke bis zum Fluss! Jetzt müssen wir nur noch über die Mauer.“
„Ich wette, da gibt's einen Durchgang“, meinte Mina und suchte nach einer guten Stelle, um vom Sockel zu springen. „Wenn nicht, müssen wir eben klettern.“
Doch Mina behielt recht. Nach dem Prinzip, das wir schon kannten, lagen mehrere Mauervorsprünge so hintereinander, dass von Weitem der Weg, der hindurchführte, nicht zu erkennen war. Da die Brücke nicht direkt daran anschloss, sondern etwas versetzt lag, war der Durchgang gut getarnt. Für uns bedeutete das allerdings, dass wir uns wieder mal durchs Dickicht kämpfen mussten – und die Sonne stand schon hinter den Baumwipfeln. Wir hatten vielleicht noch eine halbe Stunde, dann würde es stockdunkel sein. Also liefen wir, so schnell wir konnten, und achteten nicht darauf, dass uns das Unterholz die Beine zerkratzte. Wir hielten nur nach Tieren Ausschau, die es uns übelnehmen könnten, wenn wir ihren

Weg kreuzten. Aber so, wie wir durch die Gegend trampelten, würden Schlangen im Normalfall das Weite suchen, und vor Spinnennetzen und Hundertfüßern warnte uns Ben.

Tatsächlich kamen wir unbeschadet an der Brücke an, die von Nahem nicht ganz so vertrauenerweckend aussah wie von Weitem. Zwar schien sie bis auf die andere Seite des Sumpfarmes zu reichen, aber sie war schmal, hatte kein Geländer und lief relativ dicht über der modrig riechenden Oberfläche. Das Wasser war nicht ganz so sumpfig wie in der unterirdischen Höhle, aber hier und da stiegen Blasen auf, und ich wollte lieber nicht wissen, was da unten herumschwamm.

„Okay ..." Ich holte tief Luft und stieg die wenigen Stufen hoch. Der erste Quader nahm die ganze Breite der Brücke ein und war voller abgewetzter Symbole und Hieroglyphen. Auch auf den anderen Steinen konnte ich welche erkennen. Ich machte einen ersten wachsamen Schritt. Die Brücke schien zu halten und ich wollte weiterlaufen, als Ben mich zurückzog. Gerade noch rechtzeitig, denn der zweite Stein brach unter meinem Fuß weg, der erste kurz danach.

„Mist! Das Ding ist total marode!"

Ben schüttelte den Kopf. „Ich glaube nicht. Das ist eine Falle." Er zeigte auf die verschiedenen Symbole, die zum Teil kaum zu erkennen waren. „Ich habe mich schon gewundert, dass das Sonnenzeichen neben dem des Todesgottes liegt. Wir müssen erst herausfinden, welche Brückensteine begehbar sind."

„Hättest du das nicht früher sagen können?“ Mein Herz raste immer noch.
„Ist mir gerade erst aufgefallen.“
„Können wir uns vielleicht vortasten?“, fragte Mina. „Wir vermeiden die Steine mit den Todessymbolen und verlagern das Gewicht erst, wenn wir hundertprozentig sicher sind?“
Ben schüttelte den Kopf. „So einfach ist es nicht. Die Hieroglyphen machen oft nur in einer bestimmten Kombination Sinn. Der erste Stein, auf den Luca getreten ist, hat kurz gehalten, ist dann aber auch weggebrochen.“
„Vielleicht verrät uns die Platte da, was wir machen sollen?“ Ich zeigte auf den ersten, durchgehenden Steinquader.
Wir hatten schnell das Gefühl, einen Ansatz gefunden zu haben, kamen dann allerdings doch nicht weiter.
„Hm, wir könnten …“, setzte Ben an, schwieg dann aber.
„Ja, was?“ Mina tippte ungeduldig mit dem Fuß, als Ben nur auf die Platte starrte. „Spuck’s aus! Die Zeit läuft uns davon.“
„¡Correcto!“, sagte eine Stimme hinter uns, die mir wie ein Stich durchs Rückenmark fuhr. „Sorry, Leute, das Spiel ist aus!“

Lies weiter auf Seite 099.

Mit dem Sternenführer bekamen wir heraus, wie das Sternbild der Fledermaus alias Wassermann aussah, allerdings war es nicht ganz einfach, die steinernen Augäpfel zu finden, die von der Größe genau in die Vertiefungen passten.
Wir waren so damit beschäftigt, die Steinkugeln aus dem Relief zu lösen und in die gegenüberliegende Wand einzusetzen, dass wir zu spät merkten, dass die Fackel fast verloschen war. Mina hatte zwar den Feuerstein und das Katzengold griffbereit, aber trotzdem verloren wir wertvolle Zeit.
Als wir endlich die Kugeln in der richtigen Reihenfolge in die Vertiefungen gedrückt hatten, setzte hoch über uns ein Rumpeln ein. Sand rieselte auf uns herab, und wir sprangen zur Seite – aus Angst, es könnten wieder steinerne Köpfe (oder sonst was) auf uns krachen. Aber es blieb beim Sand. Dafür sickerte durch eine Öffnung, die sich langsam zu einem Viereck verbreiterte, Licht in die künstliche Höhle. Der Schacht, der fast senkrecht nach oben führte, war so bemalt, dass es aussah, als bestünde er aus zwei an den Klauen aneinandergelegten Flügeln einer Fledermaus. Als Augäpfel bemalte Halbkugeln wölbten sich heraus – wie bei einer Kletterwand.
„Es wird nicht ganz einfach, aber da kommen wir hoch. Ich geh vor, dann seht ihr, welche Tritte ihr nehmen müsst." Mina nahm etwas von dem feinen Sand vom Boden auf, damit wir unsere Hände damit einreiben konnten, um einen besseren Halt zu haben. „Im letzten Drittel müsste genug Licht von

oben kommen. Ben, schaffst du es bis dahin mit der Fackel?"
Ich dachte an Bens Handgelenk. Dagegen war eine aufgeplatzte Blase nichts. „Ich mach das! Nimm du meinen Rucksack."
Mina hing schon in der Wand und suchte die besten Tritte. Je höher wir kamen, desto schwieriger wurde es. Die ein oder andere Halbkugel fehlte, die Hände fanden manchmal nur in einem schmalen Spalt Halt. Als ich mit dem rechten Arm nach oben griff und mit dem linken Fuß nach dem nächsten Tritt tastete, der ziemlich weit außen lag, passierte es. Ich rutschte ab. Gerade noch so konnte ich mit der linken Hand nachfassen, musste dafür aber die Fackel loslassen. Mit einem Schweif aus stiebenden Funken fiel sie in die Tiefe, während ich mich mit den Fingerkuppen in den zu flachen Spalt klammerte und mein Bein an der Felswand entlangschrappte.
„Alles klar?" Mina sah besorgt nach unten.
„Ja!" Ich biss die Zähne zusammen, mein Schienbein hatte ganz schön was abgekriegt. „Aber die Fackel ist weg."
„Macht nichts. Von oben kommt genug Licht", antwortete Mina.
Es machte aber doch etwas: Denn die Fackel verlosch nicht, sie brannte auf dem Boden weiter und streute ihr Licht weit in den Raum. Wir hatten das Ende des Schachtes fast erreicht, als ich auf der anderen Seite der Höhle einen zweiten Lichtschein durch die Öffnung dringen sah, durch die wir hereingekommen waren. „Scheiße! Die *Equis!* Klettert schneller!"

Mina und Ben waren schon draußen und streckten mir die Hände entgegen, als Taschenlampenstrahlen die Höhle durchleuchteten. Noch hatten die *Equis* uns nicht entdeckt, aber die Fackel lag wie ein Signalfeuer direkt unter dem Ausstieg. In einer Bewegung zogen Mina und Ben mich nach oben und wir rannten los.

+-+-+

Die kleinen Scheißer!
Wie haben sie das jetzt wieder hingekriegt?
Ich muss sie finden, bevor die anderen sie finden.
Wenn sie die drei erwischen, werden sie sie für jede Minute büßen lassen, die sie hinter ihnen herrennen mussten. Und wenn sie sie nicht erwischen, machen sie das mit mir.
Ich war der Letzte, der unten war. Also werden sie mir die Schuld geben.
Ich muss sie zurückbringen. Sonst sind wir am Ende alle tot.

+-+-+

Lies weiter auf Seite 117.

Als ich Mina im Flüsterton erzählte, was mir im Kopf herumging, war sie erwartungsgemäß skeptisch. Ich wusste ja selbst nicht, was ich davon halten sollte. Vielleicht wurde ich langsam paranoid.

„K'in und die *Equis*? Ich weiß nicht. Er und Ben scheinen doch richtig gute Freunde zu sein." Sie trank einen Schluck aus der Wasserflasche. „Und auch sonst. Das passt irgendwie nicht. Andererseits ... viele mit so hellen Haaren gibt's hier bestimmt nicht." Sie gab die Flasche an mich weiter. „Hm. Ich hab blöderweise so gut wie nichts erkennen können. Hast du sonst noch was gesehen, was uns helfen könnte? Größe, Statur ... "

Ich schüttelte den Kopf. „Mist!" Ich setzte die Wasserflasche so heftig ab, dass sie überschwappte.

Mina gab mir einen kleinen, aufmunternden Stups mit der Schulter. „He, das bringt doch nichts. Es ändert auch nicht wirklich was, ob es K'in war oder nicht."

Sie verlagerte das Gewicht und nickte zu dem Obst, das neben den Wasserflaschen vor uns auf den Boden gelegt worden war.

„Lass uns lieber was essen, ich bin am Verhungern."

Mir am nächsten waren die Echsenfrüchte, wie uns die alte Frau im Bus welche geschenkt hatte, aber sie waren zerdrückt und braun und schwer zu essen, also streckte ich mich nach den Bananen und versuchte, dabei nicht zu sehr an der Kette und damit auch an Minas Arm zu ziehen, die Eisenfesseln

schnitten ziemlich ein. Mitten in der Bewegung hielt ich inne. „Hast du den Löffel noch in deinem Rucksack?!"
„Den Löffel?" Mina sah mich an, als hätte ich nach einem silbernen Obstbesteck und einer Leinenserviette gefragt, bis ihr Blick meinem zu den rostigen, breiten Ringen um unsere Handgelenke folgte. Oder besser gesagt zu deren Schloss. „Super Idee!"
Mit neuem Elan versuchte Mina, an ihren Rucksack zu kommen. Aber der lag weiter weg, und erst als ich mich auf den umgedrehten Eimer stellte, direkt unter den Ring, durch den die Kette lief, gelang es Mina, sich so weit zu strecken, dass sie mit dem Fuß einen der Trageriemen angeln konnte. Wir kugelten uns bei der Aktion beide fast die Schulter aus, und obwohl wir versuchten, so leise wie möglich zu sein, machte die Kette für unseren Geschmack viel zu viel Lärm. Doch es blieb ruhig, anscheinend fühlten die *Equis* sich sicher genug und hielten es nicht für nötig, einen Bewacher vor unserer Tür abzustellen. Auch von nebenan kam nichts mehr.
Froh, dass der Zug in meinem Arm endlich nachließ, stieg ich von dem Eimer und setzte mich neben sie.
„Drück die Daumen, dass sie ihn nicht gefunden haben." Hektisch durchwühlte Mina den Rucksack. Ihre Miene wechselte von Hoffnung zu Anspannung, die *Equis* waren wirklich gründlich gewesen. Doch nicht gründlich genug – ganz unten, im kaum sichtbaren inneren Fach für die Papiere, klemmte

zwischen Naht und dem gebogenen Rückenteil der winzige Blechlöffel, den Mina vergessen hatte, der alten Frau im Bus zurückzugeben.

„Ja!"

Wir umarmten uns vor Erleichterung.

„Okay, du zuerst!", sagte Mina.

Ich hielt meine Handfessel so, dass sie möglichst gut drankam. Mina ist nämlich eine Spezialistin im Schlösserknacken, jedenfalls, wenn es einfache sind. Das hat uns (und ihr) schon mehr als einmal geholfen. Sie bog sich den Stiel zurecht, fummelte ihn ins Schloss und öffnete es mit ein, zwei Drehungen. Bei sich selbst brauchte sie etwas länger, war mit einer Hand aber immer noch schneller, als wenn ich es versucht hätte.

Wir hielten uns nicht lange damit auf, unsere schmerzenden Handgelenke zu reiben, sondern huschten zur Tür. Doch leider war die neu und hatte ein massives Sicherheitsschloss, eine Erklärung dafür, warum keiner der *Equis* Posten stand.

Lies weiter auf Seite 158.

Es dauerte eine gefühlte Ewigkeit, bis sich der Stein, an dem Bens Fesseln befestigt waren, lockerte.
Während wir von beiden Seiten schoben und zogen, nutzte ich die Gelegenheit, um die Sprache auf meinen Verdacht zu bringen. „Ich weiß nicht, ob es dir auch so geht, aber ... obwohl der eine *Equis* nicht viel gesagt hat ... mir kam die Stimme so bekannt vor. Und als er uns was zu essen gebracht hat, da sind mir seine hellen Haare aufgefallen ..."
„Du hast ihn an den Haaren erkannt?" Genau wie mir war Ben die Anstrengung anzuhören. „Das war auch das Erste, was mich auf den Gedanken gebracht hat! Trotzdem hab ich 'ne Weile gebraucht, bis ich sicher war."
Okay. Dann stimmte es also. Obwohl ich K'in kaum kannte, dauerte es einen Moment, das zu verdauen. Dass Ben sehr viel länger gebraucht hatte, bis er glauben konnte, dass K'in, den er für seinen Freund hielt, ein *Equis* war, wunderte mich nicht.
„Versteh ich", sagte ich. „Ist nicht einfach, wenn sich herausstellt, dass jemand, den du zu kennen glaubst und von dem du das nie gedacht hast, bei einem Drogenkartell mitmischt!"
Ben lehnte sich mit ganzer Kraft in die Kette, ich drückte von der anderen Seite gegen den Stein.
„*Das* hat mich eigentlich nicht so überrascht!", sagte Ben.
Ich stutzte, aber bevor ich nachfragen konnte, löste sich der Stein aus der Mauer.
Endlich!

Über dem Versuch, die Gräber zu öffnen, vergaß ich Bens merkwürdige Aussage, sie fiel mir erst viel später wieder ein, als mir klar wurde, dass wir total aneinander vorbeigeredet hatten.

Da Ben, Mina und ich uns nicht sehen konnten, brauchten wir mehrere Anläufe, bis wir es schafften, bestimmte Symbole auf beiden Grabplatten gleichzeitig zu drücken. Erst beim vierten oder fünften Versuch gaben sie knirschend nach.

Mina und ich klatschen uns ab, doch nach wenigen Zentimetern verhakte sich die Platte auf unserer Seite. Wir mussten uns mit aller Kraft dagegenstemmen, Stein schabte auf Stein, ein Knarzen, als wollte sie brechen, dann rutschte die Platte endlich zur Seite und schlug mit einem dumpfen Knall auf dem Boden auf. Wir wagten nicht zu atmen und erwarteten, Schritte die Treppe herunterpoltern zu hören, doch es blieb still.

Auch von Bens Seite war nichts zu hören, und wir befürchteten schon, dass er die Grabplatte allein nicht hatte wegschieben können, als seine Stimme leise durch die Mauerlücke drang. „Alles klar bei euch?"

„Ja, und bei dir?", fragte Mina.

„Kann losgehen."

Ich nickte Mina zu, die den schon schwächer werdenden Leuchtstab von den Gitterstäben löste. Wir zuckten beide zurück, als sie ins Grab leuchtete und uns zwei vom Sand rot gefärbte Augenhöhlen anstarrten. Irgendwie hatte ich nicht damit gerechnet, dass nach so vielen Jahrhunderten tatsächlich noch etwas von dem Leichnam übrig sein konnte, aber in dem Grab lag ein vollständig erhaltenes Skelett, umringt von Schmuck und Gefäßen, rot verkrustet vom Sand.

Darauf bedacht, nichts zu zerstören, sprang Mina in die Grube hinunter und wischte mit dem Ärmel ihres Pullis vorsichtig über etwas, das Teile einer Kette sein konnten.

„Ich glaube, das ist Jade!“, sagte sie. „Das muss Unmengen wert sein.“

Unter normalen Umständen hätte ich es toll gefunden, eine verborgene Stadt und ein jahrtausendealtes Grab mit einem unberührten Schatz zu finden, aber das waren keine normalen Umstände. Ich wollte auf keinen Fall selbst unter der Erde landen, ich wollte nur hier raus! „Such lieber nach dem Durchgang!“, forderte ich Mina auf.

Sie leuchtete die Wände des Grabes ab: An drei Seiten waren sie glatt, aber an der vierten waren in Kopfhöhe kleine Vorwölbungen zu erkennen. Als Mina an der obersten Sandschicht kratzte, kamen darunter die gleichen Symbole zum Vorschein, die auch auf der Grabplatte abgebildet waren.

Ich informierte Ben, der im Dunkeln danach tasten musste, dann sprang ich zu Mina hinunter.

Dieses Mal klappte alles, wie es sollte, und ein ungefähr ein Mal ein Meter breiter Gang lag vor uns. Muffige, abgestandene Luft stieg uns in die Nasen. Mina und ich wandten kurz den Kopf ab. *Rumms!*

Von einer Staubwolke begleitet, fiel die Abdeckung von Bens Seite in den Gang. Er streckte seinen Kopf durch die Öffnung und blinzelte gegen das Licht an. So hager und sonnenbraun, mit den lang und hell gewordenen Haaren sah er ganz anders aus, als ich ihn in Erinnerung gehabt hatte. Aber sein schiefes Lächeln und die Art, wie er „Na, ihr?“ sagte, war ganz die alte.

Ich sagte gar nichts, nahm ihn bei den Schultern und drückte ihn, so gut das bei dem wenigen Platz eben ging.

„Uff, lass mich leben!“ Er lachte.

Sein Protest nützte ihm nichts, Mina umarmte ihn noch fester als ich.

Als er seine Arme um sie legte, schleiften die Kette und der Stein, an der seine Handschelle befestigt war, über den Boden.

„Okay, befreien wir dich erst mal von dem Ding“, sagte Mina.

„Je schneller, desto besser!“ Wieder dieses schiefe Lächeln. „Wir haben vielleicht eine Stunde, bis die *Equis* merken, dass wir verschwunden sind.“

Ben zuckte zusammen, als Mina, die mit dem Schloss kämpfte, zu sehr an dem eisernen Ring zog. Endlich sprang er auf.

„Scheiße, das sieht übel aus!“ Behutsam griff Mina nach Bens Handgelenk, in dem das Eisen tiefe Schürfwunden hinterlassen hatte.

Ben hob andeutungsweise die Schultern. „Könnte schlimmer sein. Irgendwie musste ich das verdammte Ding ja aus der Wand kriegen."

„Das sollte versorgt werden." Mina kramte in ihrem Rucksack.

„Später." Ben winkte ab. „Wir müssen los."

„Binde wenigstens das drum, damit kein Dreck reinkommt!" Mina faltete das kleine Tuch zusammen, mit dem sie manchmal ihre Haare zurückband.

Ben gab nach, er wusste, dass Mina recht hatte und Widerstand zwecklos war, wenn Mina schaute, wie sie schaute.

Ich versuchte währenddessen, die Grabplatten wieder in die ursprüngliche Position zu schieben. So würden die *Equis* vielleicht ein bisschen länger brauchen, bis sie herausfanden, wie wir abgehauen waren. Aber aus den Gräbern heraus war das zwecklos, selbst als Mina und Ben mir halfen.

„Das bringt nichts!", sagte Ben. „Wir verlieren zu viel Zeit!"

„Dann los!" Mina gab Ben den Leuchtstab, er klemmte ihn zwischen die Zähne, und wir krabbelten auf allen vieren in den Tunnel hinein.

Mina und ich sahen nicht besonders viel. Zum Glück, denn der ganze Gang schien voll zu sein mit irgendwelchen Spinnen, Asseln und sonstigem Getier. Irgendwas fiel von oben auf meinen Rücken, war aber so nett, von selbst zu verschwinden, statt in meinen Kragen oder mein Hosenbein zu krabbeln.

Der Tunnel wurde enger und niedriger, je weiter wir kamen.

Aber gerade als ich dachte, dass wir nur noch robbend vorwärtskommen würden, machte der Gang eine Biegung und öffnete sich. Der modrige, faulige Gestank war während des Weges immer stärker geworden, jetzt schlug er uns mit einer Wucht entgegen, die uns den Atem raubte.

Ben richtete sich vorsichtig auf und wischte gelassen eine fast handtellergroße, behaarte Spinne von seinem Bein. Mina und ich suchten uns leicht panisch gegenseitig nach irgendwelchen Krabbelviechern ab, weil es uns beide überall juckte, aber außer einer Assel, die sich in Minas Haaren verirrt hatte, fand sich nichts.

Soviel wir in dem matten Schein des Leuchtstabes erkennen konnten, waren Spinnen und Asseln unser kleinstes Problem. Wir standen in einer unterirdischen Höhle, deren Wände mit groben Strichen bemalt waren. Wir erkannten ein Wesen mit Totenschädel und aufgeblähtem, halb verwestem Bauch, aus dem die Rippen stachen.

„Einer der Todesgötter!“, murmelte Ben.

„Lass mich raten: Kisin!“, sagte Mina.

Ben nickte überrascht, aber bevor er nachhaken konnte, gab es vor uns ein Blubbern und Schmatzen, als würde sich eine gigantische, zähflüssige Blase bilden. Genauso war es auch: Als Ben einen Schritt vortrat und den Leuchtstab in die Richtung hielt, sahen wir einen modrig braunen Tümpel, der sich quer durch die ganze Höhle erstreckte.

„Shit!“, sagten wir gleichzeitig, als die Blase vor uns platzte und einen bestialischen Gestank verbreitete. Es war die erste von vielen und wir mussten einen Würgereflex unterdrücken.
„Wie sollen wir denn da rüberkommen?“ Mina hielt sich die Hand vor die Nase. „Durchwaten?“
Das war keine besonders erhebende Aussicht, aber immer noch besser, als von den *Equis* erwischt zu werden.
Ich hob ein großes, halbrundes Stück Geröll auf und warf es in die Brühe. „Ich glaub, zum Durchwaten ist es zu tief!“
„Sollen wir etwa schwimmen?“
So wie Mina das sagte, konnte ich fast sehen, wie wir in ihrer Vorstellung gegen die zähe Masse ankämpften, bis wir schließlich nach unten gezogen wurden. Ganz unwahrscheinlich war das nicht.
Ich nahm ein weiteres Stück Geröll, aber es war kleiner als das andere, also warf ich es nicht.
„Es muss einen anderen Weg geben!“ Ben rubbelte sich mit beiden Händen über den Kopf, als wollte er seine kleinen grauen Zellen in Schwung bringen.
„Was sind das da eigentlich für Dinger an den Wänden?“
Ben sah mich fragend an.
„Leuchte mal dahin.“ Ich zeigte schräg nach oben.
„Steinerne Ballringe!“, sagte Ben. „Hm. Der Ballspielplatz liegt normalerweise draußen, zwischen den Tempeln. Es sei denn ... Klar, die Legende!“

Mina und ich tauschten einen Blick. Uns war gar nichts klar.
„Ihr wisst schon, die Legende der Zwillinge! Die Götter haben sich über das Ballspiel geärgert. Deswegen sind sie in der Unterwelt gelandet … die Brüder, nicht die Götter … das könnte eine Prüfung sein! Vielleicht müssen wir was durchwerfen …“
„Solange es nicht unsere Köpfe sind …“, sagte Mina trocken.
Mein Blick ging zu dem Geröllstück, das ich schon die ganze Zeit in der Hand hin und her gedreht hatte. Es sah behauen aus und könnte von der Form her zu dem passen, das ich in den Tümpel geworfen hatte.
„Gib mir mal den Leuchtstab.“ Als Ben ihn mir reichte, suchte ich den Boden neben mir ab. Nichts. Aber ein paar Schritte weiter lag ein drittes gewölbtes Geröllstück und dahinter, in einer Nische, eine Reihe steinerner Kugeln. Von der Größe einer kleinen Melone bis zu der einer Billardkugel war alles dabei.
„Wie wäre es damit?“, fragte ich.
„Hier sind auch welche!“, rief Mina von der anderen Seite.
Wir hatten zwei Ballringe und mehrere Nischen mit Kugeln, die von groß nach klein sortiert waren, aber keine Ahnung, was wir damit machen sollten, bis Mina an der Wand hinter den steinernen Ringen einige trichterartige Löcher entdeckte. „Vielleicht müssen die da rein?“
Ben wog nachdenklich eine der Kugeln in der Hand. „Schon möglich. Aber wie viele? Und in welcher Reihenfolge?“

Tja, das ist die Frage. Ein paar der steinernen Kugeln findest du auf der nächsten Seite, ein paar im Codex. In der richtigen Reihenfolge verraten dir die Kugeln, was du tun sollst. Und auch, wo. Das Buch spielt dabei eine Rolle ...

N
Z
I
L
E
E

+-+-+

Okay, wie weiter?
Alles auf Anfang, oder ...?
Wäre nicht das erste Mal, dass ich bei null beginne.
Aber diesmal wird es eng.
Der kleine Idiot! Wieso will er mir schon wieder das Leben schwer machen?
Eigentlich hat er sich das selbst eingebrockt!
Trotzdem ...
Also Plan B?!
Ich kenne den Wald, kenne die besten Verstecke.
Ich muss nur achtgeben, den richtigen Zeitpunkt zu erwischen. Bleiben wir zu viert, kriegen sie uns auf jeden Fall.
Der Arm der Equis ist lang. Sehr lang.
Aber die Grenze ist nah ...
Einfach verschwinden. Unsichtbar werden.

+-+-+

Gib jetzt den richtigen Code ein.

K'in kam schließlich darauf, dass die Zahlen, die wir herausbekommen hatten, den Seitenarm und die Biegungen des Flusses bezeichnen könnten, die Ben genommen hatte.
„Das ist ein gutes Stück von der Stelle entfernt, an der wir beim ersten Mal gehalten haben." Er wies auf Bens Skizze. „Wenn die Mauerreste, die wir dort gefunden haben, zu dem gehören, was Ben gezeichnet hat, ist das Gebiet riesig. Dann muss es tatsächlich eine Stadt sein!" Seine Augen leuchteten.
„Könnte es dasselbe Areal sein, das durch die Plane auf der Karte markiert war?", fragte ich, nahm die Karte aus dem Rucksack, legte die Plane darüber und zeigte beides K'in. Er warf nur einen flüchtigen Blick darauf, mit Landkarten konnte er anscheinend nicht viel anfangen. Und der Maßstab war zu grob, als dass alle Nebenarme des Flusses erkennbar gewesen wären.
Aus den Schriftzeichen wurden wir auch nicht schlau. Es waren die gleichen, die Ben in dem Maya-Buch eingekringelt hatte.
„Das bedeutet doch Jaguar, oder?", fragte Mina.
K'in nickte. „Das macht die Maya-Schrift so schwierig, Wörter können als Laut oder als Zeichen dargestellt werden oder als Kombination von Laut und Zeichen. Dass sie zweimal dastehen, könnte ein Hinweis auf die beiden Brüder sein. Herrscher führten oft den Beinamen *Jaguar,* und die Zwillinge aus der Legende werden meist mit den typischen Flecken dargestellt."

„Aber warum hat Ben dann *Folgt dem Löwen*? danebengeschrieben?“, wollte ich wissen.

„Löwe?“ K'in hob die Schultern, Bens Gekritzel, dazu auf Deutsch, konnte er eh nicht entziffern. „Meint er vielleicht Berglöwe, also Puma? Allerdings kenne ich das Zeichen dafür nicht.“

„Keine Ahnung“, meinte ich.

Mina und ich waren genauso ratlos, was es mit Bens mysteriösen Andeutungen auf sich hatte. Aber in einem waren wir drei uns einig: Wenn Ben heute Abend nicht zurückkommen sollte, würden wir uns morgen auf den Weg machen, um ihn zu suchen.

Als wir kurz darauf zum Abendessen gerufen wurden, das die wenigen Familien, die im Dorf lebten, meist gemeinsam einnahmen, erwähnte K'in Raquel gegenüber, dass er uns morgen gern ein bisschen was zeigen würde.

Raquel richtete ihren durchdringenden Blick erst auf K'in, dann auf uns. „Macht mir nichts vor! Ihr wollt nach Ben suchen. Wisst ihr, wo er ist?“

„Nicht wirklich“, antwortete Mina wahrheitsgemäß.

„Aber ihr habt eine Ahnung!“

K'in wiegte den Kopf.

Raquel gab einen Laut von sich, der mehr ein Knurren als ein Schnauben war. „Abhalten kann ich euch kaum davon, ihr seid volljährig. Und wenn Ben nicht auftaucht, muss ihn so-

wieso jemand suchen, falls er sich verirrt oder den Fuß gebrochen oder was auch immer angestellt hat! Darum hätte ich dich so oder so als Ersten gebeten." Sie fixierte K'in. „Aber du sagst mir, wo ihr hinfahrt. Damit ich weiß, wo ich zur Not die Suchmannschaft hinschicken soll!"
K'in willigte ein, eine andere Wahl hätten wir sowieso nicht gehabt.

Als Mina und ich uns nach dem Abendessen in unsere Hütte verabschieden wollten, hielt uns der ältere Mann zurück, der neben K'in gesessen hatte. Er sagte etwas in der melodischen Sprache, von der wir kein Wort verstanden.
Ich sah K'in fragend an. „Kannst du übersetzen?"
„Er weiß, was wir vorhaben, und hat den Gott des Waldes und den Gott der Reisenden um Schutz und Unterstützung gebeten. Trotzdem sollen wir wachsam sein und uns vor dem Bösen hüten."
Der Mann nickte, strich K'in über die Stirn und verschwand im Dunkeln.
„Dein Vater?", fragte ich K'in.
„Nein, mein Onkel", antwortete er. „Meine Eltern sind beide tot."
„Tut mir leid!"
„Schon gut. Ist lange her."
Ich überlegte, ob ich nachfragen sollte, was passiert war, ließ es dann aber.

Als wir an unserer Hütte angekommen waren, verabschiedete sich K'in gleich. „Ich wecke euch bei Sonnenaufgang, bis dann."

Da Ben bis jetzt nicht aufgetaucht war, gingen Mina und ich fast sofort schlafen, um uns am nächsten Morgen so früh wie möglich auf die Suche machen zu können. Wir schoben zwei der Feldbetten zusammen, hängten das Moskitonetz auf und stopften die Enden unter die Matratzen. Mit der fehlenden Tür fühlten wir uns so sicherer.

Mitten in der Nacht wachte ich durch ein lautes Rascheln auf. Es war so dunkel, dass ich nicht mal die Hand vor Augen sah.

„Ben?", rief ich leise.

Die Antwort war bloß ein noch lauteres Rascheln. Und ein Schnaufen.

„Was ist das?", fragte Mina alarmiert.

„Keine Ahnung", antwortete ich und tastete nach meiner Taschenlampe. „Klingt nach einem Tier."

Vorsichtig schwangen wir uns aus dem Bett (nicht ohne sorgfältig den Boden nach Schlangen und Spinnen abzuleuchten) und tasteten uns zum Eingang. Langsam ließ ich den Lichtstrahl nach draußen wandern. Zwei Augen leuchteten auf: Es waren die Augen eines der kleinen Hunde, die um die Kinder herumgetollt waren. Er hatte sich im trockenen Laub eines Baumes zusammengerollt und begrüßte uns schwanzwedelnd.

Mina lachte. „Ehrlich gesagt, hatte ich eher einen Jaguar oder einen Puma erwartet."

„Auf jeden Fall was Großes!" Ich gähnte.

„Mit deinem Gähnen machst du jedem Puma Konkurrenz!"

„Pff!", antwortete ich und schlurfte zurück zur Pritsche.

Der Rest der Nacht verlief ruhig, abgesehen von den Gedanken, die wir uns um Ben machten. In einer offenen Hütte in einem Dorf zu übernachten war eine Sache, eine ganz andere, allein irgendwo im Regenwald schlafen zu müssen. Was wenn Ben sich wirklich verirrt hatte? Oder in ein Loch im Boden getreten war und mit gebrochenem Fuß in dem unwegsamen Gelände lag?

Selbst wenn Ben mittlerweile einiges an Erfahrung besaß und öfter mit K'in losgezogen war, selbst wenn er tatsächlich die verborgene Stadt gefunden und sich einen Unterschlupf gesucht hatte, weil er einfach zu lange geblieben war, um vor der Dunkelheit den Rückweg anzutreten (wie Mina hoffte) – tauschen wollte ich nicht mit ihm.

Über die Wenn und Aber nickten wir irgendwann ein, und es war gut, dass wir noch ein paar Stunden Schlaf abbekamen, denn der würde ab jetzt Mangelware sein.

Lies weiter auf Seite 043.

Auf dem letzten Stück der Strecke hielt der Bus kaum noch. Die wenigen Dörfer, durch die wir fuhren, bestanden oft nur aus zwei Reihen klappriger Holzhütten mit rostigen Wellblechdächern links und rechts der Staubpiste. Im Vergleich dazu hatte die Bucht am Pazifik etwas Unwirkliches. Eine Postkartenidylle für Touristen, die mit der Lebensrealität der meisten Menschen nichts zu tun hatte. Wie der der alten Frau, die in einem solchen Dorf ausstieg und uns zum Abschied zwei weitere Früchte schenkte. Wir wussten gar nicht, was wir sagen oder tun sollten, sie sah nicht aus, als ob sie viel habe. Aber da war sie bereits aus der Tür, wir konnten ihr gerade noch *„¡Gracias!“* hinterherrufen.
„Mist, ich hab ihr den Löffel nicht zurückgegeben!“ Mina quetschte sich an mir vorbei, doch der Bus fuhr schon.

Die nächste Station war unsere, trotzdem war es bereits später Nachmittag, als wir endlich ankamen.
„Geschafft!“ Mina spähte durch die staubbedeckten Scheiben. „Siehst du Ben irgendwo?“
„Noch nicht.“
Wir beeilten uns, auszusteigen und unsere Rucksäcke aus dem Gewirr aus Kisten, Körben und Tüten im Gepäckfach hervorzuziehen. Langsam zerstreuten sich alle, die mit uns im Bus gewesen waren; wir verrenkten uns die Hälse, konnten Ben aber nirgends entdecken. Ich sah auf meinem Handy

nach, ob er eine Nachricht geschickt hatte, aber wir hatten immer noch keinen Empfang.

„Was jetzt?“ Mina lehnte sich an die weiß getünchte Wand hinter ihr, direkt unter das Schild, auf dem mit verblichener Farbe *Terminal* aufgemalt war. Der Rest war abgebrochen. Passte. „Warten oder loslaufen?“

„Warten. Die Busse kommen wahrscheinlich jeden Tag wann anders an. Ben ist bestimmt gleich da.“

„Wenn er es nicht schon aufgegeben hat. Wir haben mindestens eine Stunde Verspätung!“ Mina setzte sich auf ihren Rucksack und stützte den Kopf in die Hände. Sie sah echt fertig aus.

Ich war auch ziemlich durch und wollte mir keine Gedanken machen, wie es weiterging, wenn Ben nicht auftauchte. Einfach ankommen wäre schön! Aber blöderweise hatten wir nur den Namen seiner Unterkunft, keine Adresse oder Wegbeschreibung.

Von irgendwo wehte der Geruch nach Holzfeuer zu uns.

Mein Magen knurrte.

Ich sah über den staubigen Platz vor dem Busbahnhof, der von flachen Bauten umgeben war. Nach den Dörfern, die wir zuletzt durchquert hatten, war ich auf eine mickrige Ansammlung von Bretterbuden gefasst gewesen. Aber dieser Ort, der nahe der Grenze und dicht am Urwald lag, war größer und besser ausgebaut. Die Häuser waren aus Stein, verputzt und mit Teerpappe oder Palmwedeln gedeckt. Ein verrostetes Schild wies auf einen Anbieter von Fahrten nach Guatemala hin. Anscheinend war das hier ein Kreuzungspunkt für Dschungeltouren oder Ausflüge zu Tempelanlagen diesseits und jenseits der Grenze. Außer uns waren allerdings keine Touristen zu sehen und so was wie einen Imbissstand konnte ich auch nicht entdecken. Aber immerhin gab's ein Klo.

Ein Mann mit einem Sack Chilischoten lief über den Platz, kurz darauf eine Frau mit einem Korb Eier.

Nachdem wir fast eine halbe Stunde gewartet hatten, rappelte sich Mina auf. „Das bringt nichts!“ Sie wuchtete ihren Rucksack mit Schwung auf den Rücken. „Lass uns los und schauen, ob wir rauskriegen, wo Bens Unterkunft ist. Und was zu essen fangen. Ich hab einen Riesenhunger!“

„Geht mir auch so!“ Wie um das zu unterstreichen, knurrte mein Magen ein zweites Mal.

Wir liefen in die Richtung, aus der die Leute gekommen waren, und als wir um die Ecke bogen, stieg uns der Duft von gebratenen Tortillas und Gewürzen in die Nase, und ein Gewirr von Stimmen umgab uns. Ein Markt! Auf umgedrehten Gemüsekisten standen bunte Plastikschüsseln, in denen Tomaten, Bohnen, Kürbisse, Obst und Kräuter zu roten, gelben und grünen Pyramiden aufgetürmt waren. In einem von Brettern begrenzten Viereck pickten Truthähne Körner auf, während auf einem Tisch weiter eine Reihe gerupfter Hühner lag.

Wir folgten den Rauchschwaden bis zu dem Stand, an dem auf einem von Ruß schwarzen Blech über einem Holzfeuer gefüllte und ungefüllte Maisfladen brutzelten. Goldgelb, wie die großen Teigbatzen auf dem Stein daneben. Drum herum standen Schüsseln mit Gemüse, Bohnenbrei, Käse und verschiedenen Chilisoßen. Wir nahmen von den mit Kürbisblüten und Käse gefüllten *Quesadillas*, die nur ein paar Pesos kosteten.

„Mmh, sind die gut!" Mina schloss genüsslich die Augen, da hatte ich schon aufgegessen.

Danach ging es uns besser. In einem kleinen Laden kauften wir Wasser und fragten uns von dort zu Bens Unterkunft durch. Das war einfacher als gedacht, denn anscheinend wohnten alle, die mit dem Projekt zu tun hatten, die meiste Zeit in derselben Lodge am Rand des Dschungels. Da das Projekt von der Uni gefördert wurde, sprachen alle von den Hütten der Wissenschaftler. Obwohl so, wie manche *„Ah, las cabañas de los científicos"* sagten, hätte es auch die *Hütten der verrückten Wissenschaftler* heißen können. Darüber, dass Leute aus verschiedenen Ländern der Welt zusammenkamen, um eine Sprache zu dokumentieren, die nur noch von ein paar hundert Menschen gesprochen wurde, schüttelten manche nur den Kopf.

Lies weiter auf Seite 010.

151

Wenn wir richtiglagen, mussten wir zwischen der eng stehenden Gruppe aus *acht* noch jungen Bäumen hindurchgehen, die westlich der Stele standen. Der Rest bezog sich auf Dinge, denen wir erst auf unserem weiteren Weg begegnen würden. Zur Sicherheit überprüfte K'in die Machetenspuren an den anderen Abzweigungen, die deutlich älter waren, wir hatten uns also richtig entschieden.

K'in lief voraus, er war ganz hibbelig, kein Wunder, er musste immer wieder auf uns warten, weil wir bei der ungewohnten feuchten Hitze in dem unwegsamen Gelände viel langsamer waren als er. Ich glaube, ich habe in meinem Leben noch nie so viel geschwitzt. Umso erleichterter war ich, als wir einen flachen Wasserlauf kreuzten, der über mehrere breite Felsblöcke lief. Das Wasser war glasklar und überraschend kühl.

K'in schöpfte Wasser in die hohle Hand. „Das kommt direkt aus der Quelle. Könnt ihr trinken!"

Das musste er nicht zweimal sagen. Wir ließen das Wasser über unsere Köpfe und Arme rinnen. Mina spritzte mich nass, was ich natürlich nicht so stehen lassen konnte. Mit einer halben Drehung aus der Hocke, den Arm ausgestreckt, gelang mir eine breite, hoch aufsteigende Welle, die Mina mit voller Wucht traf.

„He! Na warte!" Sie stürzte sich auf mich, aber ich war schneller. Auch K'in bekam seinen Teil ab. Wir waren alle drei bis auf die Haut nass, aber das war egal. Es war die beste Wasser-

schlacht meines Lebens und unsere T-Shirts waren sowieso ganz durchweicht. Als K'in seines lachend auszog, um es auszuwringen, sah ich, dass die Narbe an seinem Hals viel größer war, als es den Anschein gehabt hatte. Zwei dicke, rote Linien kreuzten sich kurz über seiner Schulter und liefen weiter bis unter das Schlüsselbein. Mina legte erschrocken die Hand vor den Mund, nahm sie aber wieder weg, bevor K'in es bemerkte.
„Okay, weiter geht's", sagte sie nur und kletterte mit einer Leichtigkeit die rutschigen Felsen hinauf, als wäre es nichts.
Erst jetzt fiel mir auf, dass es genau *vier* waren, wir hatten also nicht danebengelegen – der Weg war der richtige. Schließlich stießen wir auf eine überwucherte Mauer, die viele Meter hoch sein musste.
„Das könnte die Rückseite eines Gebäudes sein!"
K'in wurde immer schneller, je länger wir an der Mauer entlanggingen, die sich aus den Rückwänden verschieden hoher Bauwerke zusammenzusetzen schien.
Endlich glaubten wir, einen Durchgang gefunden zu haben, aber er war nach wenigen Metern verschüttet.
„Das kann auch noch nicht stimmen. Das passt nicht zu Bens Hinweisen", gab Mina zu bedenken. „Also weiter!"
An der richtigen Stelle wären wir fast vorbeigelaufen. Sie war nur durch einen verwitterten Fries aus *fünf* behauenen Steinen gekennzeichnet. Dazu ragten zwei Mauerteile so übereinander, dass der schmale Weg, der zwischen ihnen hin-

durchführte, nicht zu erkennen war. Rechts und links von uns wuchsen die Wände hoch, es fiel kaum Licht nach unten. Eine sandfarbene Echse mit schwarz gestreiftem Schuppenkamm lief vor mir die Mauer hinauf. Aber ich vergaß sie sofort, als wir aus dem Durchgang hinaustraten. Trotz des Urwalds, der sich die Ruinen zurückerobert hatte und alles überwucherte, war durch die vielen großen und kleineren pflanzenbewachsenen Hügel zu erkennen, wie riesig sie sein musste. Ich konnte kaum glauben, dass wir inmitten des grünen Pflanzenmeeres, das sich in alle Richtungen zu erstrecken schien, vor den Monumenten einer Stadt standen, die seit über tausend Jahren versunken und voll von rätselhaften Vermächtnissen einer noch wenig erforschten Kultur war.

„Ich hab Gänsehaut!“, sagte Mina fast flüsternd.

Mir ging es genauso, trotz der Hitze.

„Wir haben sie gefunden! Wir haben sie endlich gefunden.“ K’in umarmte uns abwechselnd, so sehr freute er sich. (Dass Mina die Umarmung eher kurz als lang erwiderte, freute *mich*.)

„Jetzt müssen wir nur noch Ben finden!“, sagte sie. „Deswegen sind wir schließlich hier.“ Mina hatte recht. So unglaublich es auch war, eine verborgene Stadt zu entdecken, Ben war wichtiger.

Irgendwelche Markierungen, die uns bei der Suche hätten helfen können, gab es nicht.

1 5 4

* * *

„Lass uns mal auf die Skizze schauen, die Ben gemacht hat!", schlug ich vor.

Mina fand die Idee sofort gut, K'in dauerte das zu lange.

„Ich umrunde mal die Pyramide da." Er zeigte auf den überwucherten Hügel direkt vor uns. „Vielleicht finde ich was. Wenn ihr fertig seid, könnt ihr mir von der anderen Seite entgegenkommen. Wenn ich nicht vorher schon zurück bin." Ohne eine Antwort abzuwarten, lief er los.

Sein Plan war aber gar nicht schlecht, denn soweit Mina und ich aus Bens Skizze schlau wurden, könnte vor der Pyramide ein ummauerter Hof oder so was liegen. Da kein Eingang eingezeichnet war, war es nicht verkehrt, sich von zwei Richtungen aus zu nähern.

Als wir um die Ecke der in wuchtigen Stufen aufsteigenden Seitenwand bogen, bestätigte sich unsere Vermutung: eine zwei bis drei Meter hohe Mauer schloss sich an die Pyramide an. Nur dort, wo Steine herausgebrochen waren, war sie niedrig genug, um hinüberschauen zu können. Dabei fiel mir auf, dass auf der anderen Seite das Dickicht viel lichter war und ein breiter Pfad hindurchführte. Uns gegenüber wurde der Hof oder Platz von einer zweiten Mauer begrenzt, die zu einem Großteil eingestürzt war. Ich wollte schon weitergehen, als ich hinter den niedrigen Bruchstücken eine Bewegung sah und dann ein Büschel heller Haare.

Ich stupste Mina an. „Ist das K'in?"

„Was? Wo? Hm ... wahrscheinlich. Wer sonst? Oder meinst du ...?“ Mina sah mich an. Ich nickte andeutungsweise. Vielleicht lag es nur daran, dass ich wollte, dass es so war.

„Könnte das Ben sein?“

Bevor ich die Frage ganz ausgesprochen hatte, legte Mina schon die Hände als Trichter vor den Mund. „Ben? Ben, bist du das?“

Eine ruckartige Bewegung, dann war der Kopf im Gewirr der Blätter verschwunden. Wir lauschten angestrengt, ich rief auch noch mal, aber es kam keine Antwort. Ob er uns nicht gehört hatte? Wir liefen weiter und reckten die Hälse, doch es dauerte, bis wir wieder eine Stelle in der Mauer fanden, die niedrig genug war, um drüberschauen zu können. Ich fragte mich gerade, ob ich mir bloß einbildete, wieder eine Bewegung zu sehen, als K’in uns entgegengerannt kam.

„Hey, K’in!“, rief Mina ihm entgegen. „Warst du das gerade auf der anderen Seite? Dann bist du echt schn...“

Sie brach ab, weil K’ins Armbewegung viel zu hektisch war, um bloß ein Winken zu sein, und eher danach aussah, als sollten wir umkehren.

Verunsichert drehten wir um, sahen aber über die Schulter zu ihm, ob wir ihn richtig verstanden hatten. Da war er auch schon bei uns.

„Los, weg hier!“ Er drängte uns weiter, riss uns aber nach unten, als wir an einem eingebrochenen Stück Mauer vorbeikamen.

„Was ist denn los?“, raunte ich ihm zu.
Die Adern in seinem Hals pochten so stark, dass sie die Narbe rot hervortreten ließen.
„*Narcos*! Wir müssen verschwinden!“
„Aber ... Ben?“ Mina sah ganz verzweifelt aus.
„Wenn die *Equis* uns erwischen, können wir ihm auch nicht helfen!“
Als Mina immer noch zögerte, packte er sie unsanft am Handgelenk und deutete auf seine Narbe. „Wenn wir nicht abhauen, hast du auch bald so eine! Oder Schlimmeres! Los jetzt!“
Er zog Mina einfach hinter sich her. Wir liefen gebückt, bis die Mauer uns wieder genügend Sichtschutz gab, und hasteten vorwärts. Morsche Zweige brachen unter unseren Füßen.
„Nicht so laut!“, befahl K’in.
Doch während er leichtfüßig und fast lautlos über quer liegende Äste und Wurzeln sprang, klangen Mina und ich eher wie zwei Rhinozerosse, die durchs Unterholz stolperten, obwohl wir uns wirklich Mühe gaben.
Plötzlich hörten wir sich nähernde Stimmen hinter uns.
„Rennt!“, rief K’in und startete durch.
K’in hatte den verborgenen Durchgang gerade erreicht, vor Mina und mir lagen nur noch ein paar Meter, als unsere Verfolger uns einholten.
„Stopp! Oder das war’s für euch.“ Das darauffolgende Durchladen war unmissverständlich.

K'in hatte es gerade noch geschafft, zwischen den einander verdeckenden Mauerstücken hindurchzusprinten, aber für Mina und mich war es zu spät. Wir hoben die Hände.

Lies weiter auf Seite 074.

Ohne dass wir uns darüber verständigen mussten, stellte sich Mina so neben die Tür, dass sie nicht auf den ersten Blick zu sehen war, aber durch die vergitterte Öffnung die Treppe im Blick hatte, während ich leise gegen die Wand klopfte. Die Antwort kam prompt, von etwas weiter hinten. Zwischen den Natursteinen gab es kleine Spalten, die zu eng waren, um hindurchzusehen, aber die Verständigung einfacher machten.

„Ben?"

„Ja."

„Oh, Mann, du hast uns einen ganz schönen Schreck eingejagt! Geht's dir gut?"

„Bis auf ein paar blaue Flecken, ja, und euch?"

„Wir sind okay. Mina hat die Schlösser der Handschellen aufgekriegt."

„Wer sonst!" Ben lachte leise. „Wie sieht's mit der Tür aus?"

„Die ist zu massiv. Wie ist es bei dir?"

„Der Stein, an dem meine Handschellen befestigt sind, ist nicht ganz fest." Ben riss zweimal fest an seiner Kette und ich konnte eine kaum wahrnehmbare Bewegung erkennen. „Aber ich kratze schon seit Stunden mit den Fingernägeln dran rum, viel hat das nicht gebracht."

„Vielleicht kann ich von der Seite was machen. Zieh noch mal an der Kette!"

Ben tat es und ein bisschen Sand rieselte auf unserer Seite herunter.

„Okay, ich weiß, welcher es ist."
Mina sah zu mir herüber, ich ging kurz zu ihr, holte dann den Löffel und begann, die Fugen zu bearbeiten. Das würde dauern.
„Irgendwie kriegen wir dich los. Aber wie weiter? Selbst wenn einer von denen allein runterkommt, wie schalten wir ihn aus, ohne dass er uns vorher abknallt und die anderen alarmiert?"
„Vielleicht gibt's noch einen anderen Weg hier raus. Ist euch irgendeine Platte im Boden aufgefallen? Hier relativ nah der Wand?"
„Ja, hier ist so was."
„Puh! Das hatte ich gehofft!" Ben klang extrem erleichtert. „Ist was drauf, ein Relief oder so?"
„Ja, könnte sein."
„Sieh nach!" Ich hörte auf zu kratzen. „Was, jetzt?! Meinst du nicht, es ist wichtiger, dass wir dich loskriegen?"
„Mach schon!"
Also stand ich auf und schaute mir die Platte genauer an, die uns schon vorher aufgefallen war. Mina sah kurz verwundert zu mir rüber und ich signalisierte ihr, dass ich auch keine Ahnung hatte, was Ben wollte.
Unter dem roten Sand, der den ganzen Boden bedeckte, konnte ich nicht alles erkennen, aber ich wollte ihn auch nicht beiseitewischen. Falls jemand von den *Equis* zurückkam, würde er das sicher sofort bemerken, und dann war klar, dass wir die Fesseln geknackt hatten. Ich ging zurück.

„Da ist eine Figur drauf, eine Schlange, Symbole außen herum und welche, die wie Türme angeordnet sind ..."

„Hat die Schlange zwei Mäuler? Am oberen und unteren Ende?", unterbrach Ben mich.

„Warte."

Jetzt musste ich doch ein bisschen Sand wegwischen, tat es aber so vorsichtig wie möglich und streute ihn nachher wieder drüber. Mina hob den Daumen und ich brachte Ben auf Stand.

„Das habe ich gehofft!", sagte er. „Hast du dir den Tempel von außen angesehen?"

„Äh, nein. Ich war zu sehr damit beschäftigt, mich nicht erschießen zu lassen."

Ben ging nicht weiter darauf ein. „Ich glaube, wir sind im Tempel der Seherschlange. Durch sie konnten Ahnen und Götter in die diesseitige Welt aufsteigen."

„Schön, aber was soll das alles?"

„Es gab verschiedene Tempel mit verschiedenen Bedeutungen und Funktionen. Dieser hier steht für die Verbindung von der Unterwelt zur göttlichen Welt und so ist er auch aufgebaut. In dem Sockel der Pyramide, auf dem der Tempel steht, wurden die Herrscher dieser Stadt begraben. Sie galten als Mittler zwischen Göttern und gewöhnlichen Menschen. Um von der Unterwelt aufsteigen zu können, mussten viele Prüfungen bestanden werden. Wenn ich richtigliege, wurden die

einzelnen Stationen in diesem Tempel nachgebildet: in einem Gangsystem, das von unten nach oben führt. So konnte der Priester in einem Ritus symbolisch die Reise aus der Unterwelt in die göttliche Welt darstellen, was für die einfachen Bauern und ... "
Ehrlich gesagt war es mir total egal, was irgendwelche Bauern von irgendwelchen Ritualen irgendwelcher Priester hielten. Mich interessierte bloß eines: „Kommen wir so hier raus?"
„Wenn ich recht habe, ja. Aber dazu müsst ihr das Grab öffnen und den Gang finden."
Das waren ja super Aussichten.
„Und was ist mit dir?", fragte ich, während ich mit dem Löffel weiterkratzte, so schnell ich konnte.
„Bei mir ist auch so ein Grab. Aber wenn meine Recherchen stimmen, dann haben die Herrscher hier, anscheinend zwei Brüder, ihren Machtanspruch auf dem Mythos der göttlichen Zwillinge begründet, der ...
„Ja, wir haben deine Übersetzung gelesen", unterbrach ich. Ich fand's toll, dass Ben etwas gefunden hatte, was ihn so begeisterte, aber auf Vorträge darüber konnte ich verzichten. Vor allem jetzt.
„Gut, das spart Zeit. Jedenfalls hab ich gehofft, dass auf eurer Seite auch ein Grab ist. Der Gang liegt wahrscheinlich dazwischen. Wir müssen nur noch die Kette loskriegen und dann die Platten ..."

„*Nur noch* ist gut!“

„Das ist unsere einzige Chance! Also hör zu und unterbrich mich nicht dauernd, wir haben nicht viel Zeit! Wahrscheinlich wird bald jemand kommen und uns was zu essen bringen. Gestern war das kurz vor Sonnenuntergang ... “

Ich wollte einhaken und ihn nach den *Equis* und K’in fragen, aber er ließ mich gar nicht zu Wort kommen, er redete schnell und drängend.

„... Das ist quasi jetzt. Solange es noch einigermaßen hell ist, müsst ihr euch ganz genau einprägen, was auf diesem Relief ist. Nach dem letzten Rundgang der *Equis* versuchen wir, das Ding zu öffnen, damit wir abhauen können, sobald das erste Licht hier runterfällt.“

In der Theorie klang das machbar, aber ich wagte zu bezweifeln, dass wir das im Stockdunkeln alles so hinbekämen, wie Ben sich das vorstellte.

„Los jetzt! Ihr habt höchstens noch ein paar Minuten!“

Also hörte ich auf, die Fugen um den Stein mit dem Löffel zu bearbeiten, und brachte Mina flüsternd auf den Stand. Dann legte ich ihren Rucksack wieder so hin, wie er gelegen hatte, stellte den Eimer auf und versuchte mir das Relief einzuprägen, als Mina mir ein Zeichen gab.

„Sie kommen!“

Wir verwischten schnell unsere Fußspuren an der Wand, wo es am sandigsten war, die anderen fielen nicht auf, sie verschwanden unter denen, die wir und die *Equis* beim Hereinkommen hinterlassen hatten.

Den Löffel steckte ich in meinen Schuh, dann hockten Mina und ich uns in die alte Position und ließen die Handschellen wieder einrasten. Zumindest versuchten wir das, aber Minas hakten. Die Schritte kamen immer näher. Da fing Ben nebenan zu krakeelen an (vielleicht hatte er unser hektisches Flüstern oder das Klackern des Metalls gehört). „Ah, gibt's endlich was zu essen? Ich bin hier am Verhungern!"

Ein Schlag gegen seine Tür und ein paar Flüche waren die Antwort.

Schritte näherten sich. Minas Handschelle rastete ein. Kurz darauf öffnete sich unserer Zellentür. Wir waren beide schweißnass.

„Augen auf den Boden!" Wieder klang die Stimme, als käme sie hinter einem Tuch hervor oder wäre verstellt oder beides. Vor uns wurde ein zerschrammter Plastikteller mit Tortillas und Bohnenmus abgelegt. Ich hatte auf Besteck gehofft, das wir als Werkzeug hätten nutzen können, aber Fehlanzeige. Blöd waren die *Equis* nicht.

„Sorry …", sagte Mina und ihre Stimme war die eines ängstlichen kleinen Mädchens. Fast hätte ich überrascht zu ihr geschaut. Nicht mal vorhin, als sie kurz vorm Zusammenklappen war, hatte sie sich so angehört. „Aber könnten wir vielleicht eine Lampe haben? Wir können fast nichts mehr sehen und ich ... ich habe ganz furchtbar Angst im Dunkeln und hier gibt's doch bestimmt Spinnen und so ..."

Guter Plan!

„Dann ist es vielleicht besser, wenn du sie nicht siehst!"

Mist!

„Nein, das ist ... das ist noch viel schlimmer, bitte ..."

„Nerv mich nicht! Iss!"

„Bitte, ich weiß nicht, was ich sonst machen soll ..."

Die Tür fiel ins Schloss. Aber die Schritte entfernten sich erst mal nicht. Also blieben wir in unseren Rollen, falls wir beobachtet wurden. Mina tat, als bekäme sie kaum einen Bissen runter (was allerdings nicht weiter schwer war, das Zeug schmeckte, als hätte es stundenlang in der Sonne gestanden). Hoffentlich verschwand der Typ bald! Wir konnten kaum noch die Hand vor Augen sehen und wollten uns das Relief noch mal anschauen. Endlich hörten wir den Klang der Stiefel auf der Treppe. Aber es blieb unruhig, anscheinend verstauten die *Equis* die Pakete, die wir draußen gesehen hatten, irgendwo hier unten. Ich lehnte mich an die Wand hinter mir. Der Tag war so aufregend gewesen, dass mir erst jetzt bewusst wurde, wie fertig ich war. Ich dämmerte weg und merkte nur noch, wie Mina ihren Kopf gegen meine Schulter lehnte.

Gefühlte fünf Minuten später wurden wir vom Geräusch der sich öffnenden Tür wieder wach. Ein Lichtstrahl schien mir direkt ins Gesicht. Anscheinend die letzte Runde, wir mussten

ein, zwei Stunden geschlafen haben. Im Gegenlicht konnte ich nur eine Gestalt mit tief ins Gesicht gezogener Basecap unter der Kapuze eines Hoodies und Dreieckstuch vor dem Mund erahnen, bevor ich brav meine Augen nach unten richtete. Mina wimmerte leise und zitterte. Diesmal brauchte ich nicht so lange, um darauf einzusteigen, und wiegte mich vor und zurück, als würde ich ebenfalls gleich vor Angst zusammenklappen.
Der Teller wurde hochgehoben, die Schritte gingen zur Tür. Verdammt!
Aber ein Klackern verriet uns, dass etwas an die Gitterstäbe der Tür gehängt wurde. Es war ein Leuchtstab, wie er in Campingläden verkauft wurde.
„Thanks!“, sagte Mina mit schwacher Stimme.
„Macht keinen Scheiß!“, war die Antwort.
Wir warteten eine ganze Weile, bevor wir es wagten, die Handschellen zu öffnen. Nach einem Blick durch die Gitterstäbe versuchten wir, die Grabplatte zu bewegen. Ohne Erfolg. Während Mina nach einem Mechanismus suchte und dabei die Tür im Auge behielt, bemühten Ben und ich uns, den Stein zu lösen, an den er angekettet war. Ich würde eine fette Blase bekommen, trotzdem kratzte ich, so schnell ich konnte.
„Okay, sagt mir ganz genau, was wo auf dem Relief ist“, raunte Ben. „Wir können die Zeit genauso gut nutzen, um schon mal zu überlegen, wie wir die verfluchten Grabplatten wegbekommen.“

Also beschrieb ich alles, was mir aufgefallen war, wie die ungewöhnlichen Symboltürme. Irgendwo hatte ich die schon mal gesehen. Nur wo?

Hast du eine Idee? Die Grabplatte auf der nächsten Seite ist so ähnlich noch mal an anderer Stelle zu finden.

Wie viele Sterne sind noch nicht freigerubbelt?

30 Du bist ein absolutes Rätselgenie. Unglaublich! Wir ziehen unseren Hut vor dir!

27–29 Das war eine ganz starke Leistung. Du kannst verdammt stolz auf dich sein!

24–26 Wow! Du hast es drauf! Ein wirklich ansehnliches Resultat!

21–23 Nicht schlecht. Du scheinst ein echt cleveres Köpfchen zu sein.

16–20 Das ist doch schon ganz ordentlich. Mit diesem Ergebnis brauchst du dich nicht zu verstecken.

11–15 Okay, keine Glanzleistung – aber auch keine Katastrophe.

5–10 Das kannst du aber besser. So viel Hilfe hättest du bestimmt nicht gebraucht.

0–4 Ärgere dich nicht. Beim nächsten Mal hast du sicher mehr Erfolg

Anna Maybach wuchs in einem Haus voller Bücher auf und entdeckte schon früh ihre Leidenschaft für Geschichten und Abenteuer. Spannendes und Geheimnisvolles wartet überall: um die nächste Straßenecke, an verlassenen Orten inmitten der Stadt, in nahen und fernen Ländern.
Heute lebt Anna Maybach als freie Autorin in Berlin und schreibt Romane, Drehbücher und Hörspiele für Kinder und junge Erwachsene.

Inka Brand lebt in Gummersbach und ist seit April 2000 glücklich mit ihrem Mann Markus verheiratet. Gemeinsam mit ihrem Schatz hat sie zahlreiche Kinder- und Familienspiele veröffentlicht. Seit einigen Jahren erfindet sie vor allem Rätsel für die erfolgreichen EXIT-Spiele und EXIT-Bücher.

Markus Brand lebt zusammen mit seiner Frau und den zwei gemeinsamen Kindern in Gummersbach. Neben seiner Leidenschaft für das Rätsel- und Spieleerfinden hat er ein besonderes Hobby: Er trägt wirklich kryptische T-Shirts, aus denen niemand schlau wird, oder doch?

ATEMLOSE SPANNUNG, KREATIVE RÄTSEL, ECHTE ACTION!

144 Seiten, €/D 12,99
ISBN 978-3-440-16037-4

144 Seiten, €/D 12,99
ISBN 978-3-440-16556-0

144 Seiten, €/D 12,99
ISBN 978-3-440-16324-5

176 Seiten, €/D 14,99
ISBN 978-3-440-16251-4

176 Seiten, €/D 14,99
ISBN 978-3-440-16251-4

Die Bücher zur erfolgreichen Spielereihe!

Zum Tüfteln, Knobeln, Knicken, Malen, Zerreissen und Verzweifeln - alleine oder im Team.

kosmos.de

Preisänderungen vorbehalten

LESEPROBE

176 Seiten, €/D 14,99
ISBN 978-3-440-16251-4

Party in einem verfallenen, geheimnisumwitterten Freizeitpark? Wer kann da schon Nein sagen – Mina jedenfalls nicht! Und die Gerüchte um einen Killer, der seit Jahren nur darauf wartet, dass sich mal wieder jemand auf das Gelände verirrt? Doch dann ist plötzlich der Weg nach draußen versperrt und einer nach dem anderen verschwindet …

Nicht nur für Luca, Ben und Mina, auch für dich als Leser beginnt eine Rätselreise der Extraklasse. Also, worauf wartest du?
Lies doch mal rein…

kosmos.de Preisänderungen vorbehalten

+-+-Prolog-+-+

Der Regen schlug mir schräg ins Gesicht. Er rann mir durch die Haare, sammelte sich an den Spitzen zu dicken Tropfen und fiel von dort auf den leblosen Körper, der seltsam verkrümmt vor mir auf dem nachtdunklen, aufgeweichten Boden lag. Der Brustkorb gab unter dem Druck meiner Arme nach – die Handflächen übereinander, die Finger verschränkt, legte ich mein ganzes Gewicht in die Bewegung. Damit ich den Rhythmus halten konnte, summte ich mit Lippen, die ich kaum noch spürte, *Staying Alive*. Dabei kam ich mir selbst zynisch und grausam vor, aber es war das Einzige, was mir Halt gab, mich davon abhielt, durchzudrehen, panisch loszuschreien oder sonst etwas völlig Unsinniges zu tun, das Oli sicher nicht helfen würde.

Zum ersten Mal war ich froh über die Erste-Hilfe-Kurse, in denen ich gewesen war, doch Theorie und Praxis sind definitiv zwei verschiedene Dinge, und so hielt ich mich an der Stimme fest, die uns eingetrichtert hatte: „Falls ihr jemals jemanden wiederbeleben müsst – was ich euch nicht wünsche – und nicht mehr wisst, wie schnell oder langsam ihr pumpen sollt –

was wahrscheinlich ist –, singt *Staying Alive*! Lacht nicht! Der Song hat hundert Beats pro Minute, und genau die braucht ihr für die Herzdruckmassage."

Also sang ich. Nur das Zählen war dann nicht mehr so einfach. Als ich glaubte, bei dreißig angekommen zu sein, hörte ich auf, legte meinen linken Daumen auf Olis Kinn, hielt ihm mit der anderen Hand die Nase zu, bog seinen Kopf zurück und umschloss seinen Mund mit meinem. Zwei Atemstöße, sein Brustkorb hob sich leicht, doch er atmete noch nicht von selbst. Wieder legte ich meine Hände auf seine Brust und begann von vorn. Lange würde ich das nicht mehr durchhalten. Obwohl es eiskalt war, vermischten sich die Regentropfen, die über meine Stirn liefen, mit Schweiß, ich atmete schnell und flach, meine Arme zitterten. Aber ich wollte nicht aufgeben.

Der Zaun, der mein Gesichtsfeld zerschnitt, knisterte, kleine Funken schlugen aus dem Stromkabel, das sich im Sturm vom Mast losgerissen und im Gitter verfangen hatte.

„Komm schon", murmelte ich. „Komm schon!"

Ein hässliches Krachen unter meinen Fingern war die Antwort. Ich stockte, doch ich hörte nicht auf.

„Es kommt vor, dass eine Rippe bricht, das ist nicht angenehm, aber das kleinere Übel. Macht einfach weiter. So wisst ihr wenigstens, dass ihr stark genug drückt."

Das tat ich. Mittlerweile war ich ziemlich am Keuchen, mein

Herz schlug schnell und hart, Olis spürte ich nicht.

„Komm schon, Oli! Komm schon …“

Codex

HERZLICH WILLKOMMEN!

Du liest gern spannende Geschichten und liebst Rätsel? Dann ist EXIT – DAS BUCH genau das Richtige für dich. Denn es steckt voller Geheimnisse und spannender Rätsel! Luca und seine Freunde stehen immer wieder vor schwierigen Aufgaben, doch ohne deine Hilfe sind sie aufgeschmissen! Nur wenn du die Rätsel lösen kannst, geht die Geschichte weiter.

Bevor du loslegst, triffst du noch ein paar Vorbereitungen. Schneide zunächst die drei farbigen Streifen (rot, blau, gelb) vorsichtig aus der letzten Seite dieses Heftes heraus und führe sie dann durch die farblich passenden Schlitze in der vorderen Klappe des Buches (lies dazu auch Seite 14 in diesem Codex).
Am Anfang der Geschichte wirst du am Ende einer Seite manchmal gebeten, an einer anderen Stelle im Buch weiterzulesen. Befolge diese Anweisungen. Doch bald gilt es ein Rätsel zu lösen und einen dreistelligen Code zu ermitteln, um zu erfahren, auf welcher Seite es im Buch weitergeht!

Alles, was du zur Lösung der Rätsel brauchst, findest du im Buch oder in diesem Codex! Für manche Rätsel brauchst du eine Schere, einen Stift oder ein Blatt Papier. Alles ist möglich. Scheue dich also nicht, Dinge im Buch oder im Codex auszuschneiden, zu beschriften, zu knicken, zu falten oder zu zerreißen. Aber sei nicht voreilig! Schneide erst etwas aus, wenn du eine gestrichelte Linie siehst!

Apropos Lösung: Solltest du einmal nicht weiterkommen, haben wir dir zu jedem Rätsel ein paar Hilfestellungen vorbereitet. Du findest sie auf den Seiten 11 bis 13 in diesem Codex. Dort ist auch erklärt, wie du sie verwendest. Aber nutze die Hilfen sorgsam, denn am Ende der Geschichte (S. 168) wird überprüft, wie viele Sterne du übrig hast. Je weniger Hilfen du benötigst, desto besser wird dein Ergebnis.

Und nun wünschen wir dir viel Spaß mit der „verborgenen Stadt"!

3

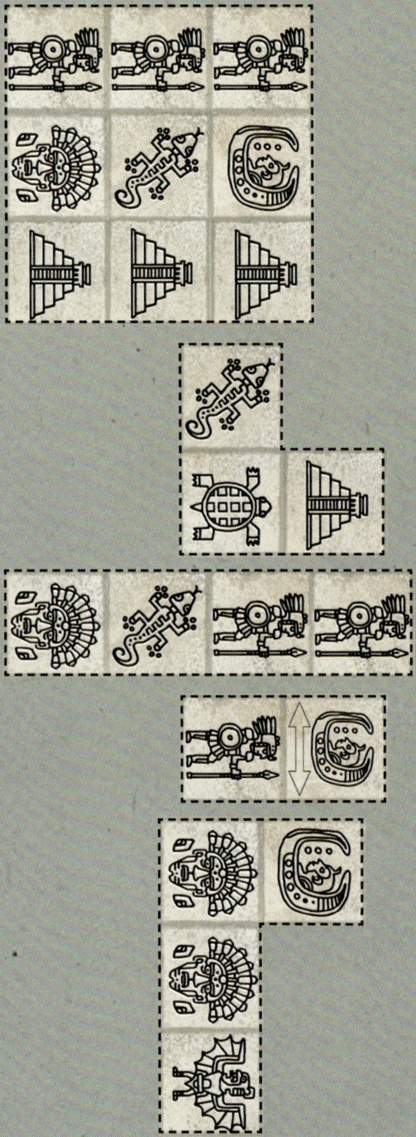

F
A
N
G
N
A

N
I
T
H
N
E

Die göttlichen Zwillin

Der junge Maisgott verärgerte die Herrscher der Unterwelt,

indem er mit seinem wilden und lauten Ballspiel Tag für Tag ihre Ruhe störte. Da er nicht davon lassen wollte und den Ball wieder und wieder durch die steinernen Ringe schoss,

schlugen ihm die Götter
der Unterwelt zur Strafe
den Kopf ab.

Sie setzten diesen in die Krone eines Baumes, der auf dem Weg einer jungen Prinzessin der Unterwelt lag. Bald wurde sie schwanger und floh vor dem Zorn ihres Vaters in die diesseitige Welt, wo sie Zwillinge gebar. Die beiden Zwillingsbrüder waren ebensolche Meister des Ballspiels wie ihr Vater, der junge Maisgott, und es dauerte nicht lange bis auch sie den Zorn der Herrscher der Unterwelt auf sich zogen. Zur Strafe wurden den Zwillingen mehrere Prüfungen auferlegt.

Als Erstes wurden ihnen brennende Fackeln überreicht, die sie am nächsten Morgen genauso zurückgeben sollten. Als die Fackeln erloschen, tauschten die Zwillinge sie durch rote Ara-Federn und Feuerfliegen aus, die um die Federn flirrten wie Funken. Dadurch konnten sie die Götter täuschen.
Als nächste Prüfungen mussten sie Kälte und Hitze überstehen, Höhlen voller Messer und wilder Jaguare durchwandern.

Als ihnen auch das gelungen war, wurden sie für eine Nacht in die Hallen der Mörder-
Fledermaus eingeschlossen, deren Flügel die Augäpfel ihre vielen Opfer zierten. Vor diesem grausamen Wesen versteckten sich die Zwillinge in ihren Blasrohren, mit denen sie die Jaguare getötet hatten. Doch einer der Zwillinge

streckte zu früh den Kopf heraus – und er wurde ihm von der Fledermaus abgebissen. Die Götter der Unterwelt triumphierten und zwangen den Bruder, mit dem Kopf seines Zwillings Ball zu spielen. Der Bruder fügte sich, doch mit seinem kunstfertigen Spiel und einer Finte gelang es ihm, die Herrscher der Unterwelt lange genug abzulenken, um den Kopf seines Zwillings auf dessen Körper zurückzusetzen und ihn wiederzubeleben. Auch als den Zwillingen später befohlen wurde, sich gegenseitig zu opfern, und ihre Knochen in den Blut-Fluss geworfen wurden, tauchten sie als Fische wieder auf.
Die Fähigkeit, einander in den verschiedensten Gestalten wieder und wieder zum Leben zu erwecken, beeindruckte die Götter

der Unterwelt so sehr, dass die beiden mächtigsten Herrscher den Zwillingen befahlen, ihnen diese Kunst beizubringen.

Die Zwillinge opferten sie, erweckten sie aber nicht wieder zum Leben. So besiegten sie die Herrscher der Unterwelt und stiegen als Götter in den Himmel auf, wo sie noch immer als Sonne und Mond ihre Bahnen ziehen.

Osten 2

Osten 0

Westen 4

Süden 4

Norden 8

Süden 0

Himmel 8

Osten 5

Süden 3

Osten 9

Süden 6

Norden 1

Westen 8

Norden 1

Himmel 7

Erde 2

Norden 6

Himmel 5

Westen 3

Himmel 6

Westen 1

Norden 4

Osten 3

Westen 9

Süden 7

Osten 2

Süden 5

Erde 1

Westen 6

Erde 8

Norden 7

Süden 2

Erde 4

Erde 0

Himmel 7

Himmel 6

Norden

Süden

Westen

Osten

Himmel

Erde

LÖSUNGSTIPPS

Zu einem Rätsel gehören drei **Sterne (= Lösungstipps)**. Über ihnen steht die jeweilige Seitenzahl des Buches. Benötigst du einmal Hilfe, schaust du einfach im Buch nach, auf welcher Seite du dich gerade befindest. Dann suchst du dir im Codex den am weitesten links stehenden Stern mit dieser Seitenzahl heraus und rubbelst ihn vorsichtig mit einer Münze oder Ähnlichem frei. Unter dem Stern wird dann ein Hinweis sichtbar, der dir weiterhilft.

RÄTSEL S.009

Tipp [illegible]:
Di[illegible] auf Seite 009 abgebildete[illegible] Symbole sind [illegible] Schlüssel zum gesuchten [illegible]de. Doch wie lassen sich diese Symbole in Zahlen umwa[illegible]? Vielle[illegible] kann der Codex helfen [illegible] nach der beschriebenen S[illegible].

Tipp 2:
Auf Seite **3** im Codex seht ihr eine runde Steinplatte. Kreisförmig angeordnet findet man dort verschiedene Maya-Symbole. Seht ihr die drei Symbole, die auch im Buch abgebildet sind? ZEIT scheint hier eine Rolle zu spielen ... Ist es vielleicht eine Art Uhr?

3

RÄTSEL S.036

1

2

3

RÄTSEL S.041

1

2

3

RÄTSEL S.048

1 2 1

RÄTSEL S.073

1 2 1

RÄTSEL S.086

1 2 1

RÄTSEL S.093

1 2 1

RÄTSEL S.102

1 2 3

RÄTSEL S.139

1 2 3

RÄTSEL S.166

1 2 3

RÄTSEL GROSSER WAGEN

1 2 3

Decodieren leicht gemacht

Ziel jedes Rätsels ist die Ermittlung eines dreistelligen Codes. Diesen gibst du dann durch Verschieben der farbigen Streifen auf der vorderen Decodierklappe ein. Der von dir ermittelte Code sollte unmittelbar unter dem Pfeil stehen.
Anschließend schaust du auf die Rückseite der Decodierklappe. Unter dem Pfeil dort wird dir eine neue dreistellige Zahl angezeigt. Außerdem ist jeder Ziffer dieser Zahl ein Symbol zugeordnet. Diese neue dreistellige Zahl verrät dir die Seitenzahl, auf der die Geschichte im Buch weitergeht.
Natürlich kann es sein, dass du das Rätsel nicht richtig gelöst hast und deshalb auf eine falsche Seitenzahl verwiesen wirst. Um sicherzugehen, dass der von dir ermittelte Code tatsächlich der richtige ist, musst du die Symbole über den Ziffern auf der Decodierklappe mit den Symbolen unter der Seitenzahl im Buch vergleichen. Stimmen diese exakt überein, hast du das Rätsel korrekt gelöst und darfst an dieser Stelle weiterlesen. Hast du eine falsche Lösung ermittelt, sind die Symbole nicht identisch. Dann solltest du dir alles noch einmal genau anschauen.

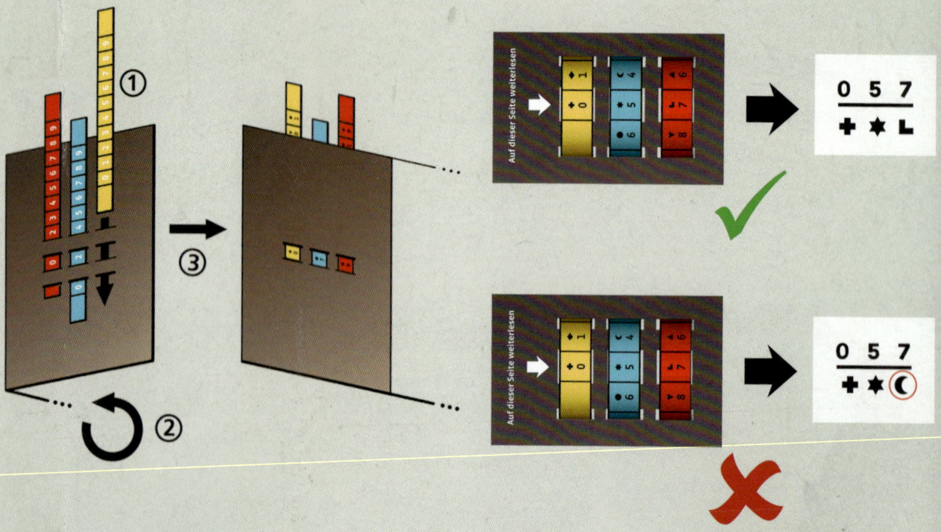